이주홍 일기

1

이 저서는 2021년 대한민국 교육부와 한국연구재단의 지원을 받아 수행된 연구임(NRF-2021S1A5C2A02086918)

대동문화자료총서

이 주 홍 일 기 1

이주홍 일기

정우택 · 이경돈 · 임수경 · 유석환 · 박성태 편저

1

Aug. 16

1968   1970

성균관대학교
출판부

책머리에

　향파 이주홍(向破 李周洪, 1906~1987)은 1920년대 등단하여 한국문단의 중심부에서 활동하다가 1947년 이후 부산으로 이주하여 부산문단을 이끌었다. 그는 요산 김정한(樂山 金廷漢, 1908~1996)과 함께 부산문단의 기초를 놓은 작가로 널리 알려져 있다. 1910년대의 한국문학사를 이광수와 최남선의 2인문단시대로 규정한 적이 있었는데, 초창기의 부산문학사, 적어도 초기의 부산소설사는 이주홍과 김정한의 2인문단시대라 해도 과언이 아닐 만큼 부산문단에서 차지하고 있는 두 작가의 위상은 드높기만 하다.

　이주홍은 아동문학을 비롯하여 시, 소설, 희곡, 시나리오, 수필, 번역, 만문만화뿐만 아니라 연극 연출, 잡지 편집, 삽화, 서예, 작사 등에 이르기까지 문예 전반에 걸쳐 활동했다. 또한 『윤좌(輪座)』, 『갈숲』 등의 동인지, 『문학시대』와 같은 문예지의 창간멤버로 활약하면서 부산문학의 확산 및 재생산에도 크게 기여했다. 이처럼 이주홍은 부산문학사에서 빼놓을 수 없는 주요 작가이자 여러 재능을 선보인 이채로운 작가이기에 연구자들은 일찍부터 이주홍을 주목했다. 주요 활동 분야였던 아동문학에 관한 연구를 중심으로, 생애사, 소설사, 연극사, 시가사, 미술사 등의 관점에서도 다양한 연구가 진행되고 있다.

　다방면에서 입체적으로 활동한 만큼 이주홍을 이해하는 데에는 많은 복잡함과 어려움, 의문이 남는다. 예컨대, 이주홍은 1920년대 말에 등단한 이후 사회주의 리얼리즘에 심취한 작가이면서 동시에 1930년대 『풍림』의 편집에 관여하며 『시인부락』과도 통하였다. 광복 직후에는 조선프롤레타리아문학동맹 및 조선문학가동맹의 집행위원으로도 활동했다. 그러나 1947년 무렵에 사회주의 조직과 절연하고 부산으로 이주, 남은 생을 부산에서 지냈다. 이주홍은 왜 갑자기 전향했을까? 이뿐만이 아니다. 한국전쟁 직후 10여 년 동안 이주홍은 소설 집필을 거의 하지 못했다. 흥미롭게도 김정한 또한 그 시기에 비슷한 상황에 빠져 있었다. 왜 그랬던 것일까? 이런 지점에서 일기나 편지와 같은 사적 기록물의 가치를 절감하게 된다.

성균관대학교 대동문화연구원은 2021년 9월부터 한국연구재단 인문사회연구소지원사업의 일환으로 〈근대작가 사적 기록물 DB〉 연구과제를 수행하고 있다. 사적 기록물이란 일기, 서간, 창작노트 및 메모, 강의노트 등 공간을 목적으로 하지 않거나 공간되지 않은 문서 일체를 지칭한다. 문학작품이 역사학, 사회학 등의 분야에서도 폭넓게 활용되는 것처럼 당대의 인간상과 시대상이 생생하게 담겨 있는 사적 기록물은 기존의 한국 인문학을 새롭게 조명하거나 혁신할 가능성을 가지고 있다. 개인의 탄생, 내면의 발견, 사생활의 역사, 일상사, 미시사와 같은 학술용어들이 대변하듯 사적 기록물의 학술적 가치는 매우 풍부하다.

안타깝게도 사적 기록물은 공적 기록물에 비해 망실될 위험이 더 크다. 훼손되면 복원할 수 없는 유일본이기 때문이다. 현재 근대작가의 사적 기록물은 전국 소재 문학관과 박물관, 도서관, 유족, 개인 수집가 등이 소장하고 있다. 하지만 증여, 경매, 밀거래 등에 의해 언제 망실될지 알 수 없다. 더구나 지방 소장처들의 경우 대부분 지자체의 직영이든 위탁운영이든 최소한의 예산만 배정되기 때문에 기록물의 정리는커녕 관리조차 버거운 것이 오늘날의 실정이다.

다행히도 연구원의 문제의식에 전국의 사적 기록물 소장처들이 적극적으로 공감해 주었다. 수도권에서는 국립중앙도서관과 국립어린이청소년도서관, 영인문학관 등, 지방에서는 이주홍문학관, 석정문학관, 목포문학관, 시문학파기념관 등이 도움을 주었다. 또 오영식, 오성국 등의 개인소장자들도 적지 않은 자료를 제공해 주었다. 그 결과 연구원은 상당한 양의 사적 기록물을 확보할 수 있었다.

연구원은 전문 연구자는 물론 일반인도 손쉽게 이용할 수 있도록 다양한 자료 작업을 진행해 왔다. 이를테면, 사적 기록물의 원본 이미지를 확보하고, 필기체로 작성된 원문의 입력본과 그 현대어본을 제작했다. 디지털 인문학에 활용될 수 있도록 특정한 정보를 추출·가공하는 작업도 병행했다. 이번에 자료집으로 출간하는 『이주홍 일기』도 그 작업의 일환이다.

이주홍은 식민지시기부터 죽기 직전까지 반세기를 훌쩍 넘는 기간 동안 일기를 썼다. 그의 일기에는 인간 이주홍의 삶, 작가 이주홍의 내면과 주변, 그리고 격동의 한국 근·현대사를 몸소 살아낸 한 개인의 증언이 담겨 있다. 하지만 안타깝게도 반 이상의 일기가 망실되어 이주홍 일기의 전모는 영원히 알 수 없게 되어버렸다. 그나마 현존하는 이주홍 일기 17권만이라도 수습할 수 있어 다행이지만, 근대작가의 사적 기록물 연구를 조금만 더 일찍 시작했더라면 하는 아쉬움을 지울 수 없다.

이주홍은 살아생전에 자신의 글들을 모아서 여러 형태로 출간했다. 그것들을 포함하여 이주홍의 글들을 정리한 자료집으로는 『이주홍 소설 전집』(전5권, 류종렬 편, 세종출판사, 2006)과 『이주홍 극문학 전집』(전3권, 정봉석 편, 세종출판사, 2006), 『이주홍 아동문학 전집』(전6권, 공재동 외 편, 이주홍문학재단, 2019~2022) 등이 있다. 모두 이주홍의 작품들을 정리한 것이다. 이번에 성균관대학교 대동문화연구원과 이주홍문학관이 함께 출간하는 『이주홍 일기』는 17권 중 앞 시기 4권, 곧 1968년·1970년·1971년·1972년분을 묶은 것이다. 그 외 나머지 일기들도 순차적으로 출간할 계획이다. 『이주홍 일기』는 이주홍 연구뿐만 아니라 한국 인문학 연구를 새롭게 조망할 수 있는 밑거름이 되어줄 것이라고 믿는다.

사적 기록물이라는 명칭대로 지극히 개인적인 내용이 담겨 있는 일기의 출간을 흔쾌히 허락해 준 박무연 사모님, 류청로 이사장님, 이칠우 관장님, 강영희 사무국장님 등 유족 및 이주홍문학관 관계자분들께 감사드린다. 또한 부산대학교 이순욱 교수의 도움이 없었다면 문학관과 연구원의 협력관계는 성사되기 어려웠을 것이다. 이 자리를 빌려 다시 한번 감사드리는 바이다. 이주홍 자료수집을 함께한 엄동섭 선생님과 최수일, 정창훈 교수, 난해한 한시 번역 및 한자 판독을 맡아준 이영호, 방현아 교수, 각종 업무에 도움을 준 연구보조원들에게도 고마운 마음을 전한다. 마지막으로 귀한 자료가 다시금 빛을 볼 수 있도록 지원을 아끼지 않은 한국연구재단에 감사드린다.

2023년 12월
연구책임자 정우택

교화가 초목을 덮고

한 위인의 생애를 제삼자가 기록한 것이 전기라면 본인이 기록한 것은 자서전이다. 일기는 본인의 기록이라는 점에서 자서전과 같은 계열이지만 목적과 의도에서 매우 다르다. 전기와 자서전 이 둘은 모두 읽힐 목적으로 쓴 글이라고 한다면 일기는 타인을 의식하지 않은 한 개인의 비밀스런 기록이다. 일기는 그날그날 생활 주변에서 일어나는 사소한 일들이 소재가 된다. 위인의 생애를 위인전으로 읽을 때와 일기로 읽을 때의 감동이 매우 다른 것은 위인전에는 한 위인이 있지만 일기에는 한 인간이 있기 때문일 것이다.

최근 몇 년 사이 우리 문단에는 주목받을 만한 작가들의 일기가 책으로 나왔다. 2013년 '이오덕의 일기'가 단행본으로 나온 데 이어 2015년 '김현의 일기', 2019년에는 '가람 일기', 2023년 '이수영 일기'가 공개되었다. 이들 일기는 한 시대를 증언하는 소중한 기록이며 문화적 유산이다. 일기는 한 개인의 기록을 넘어 사료로서 사회적 가치를 가지기도 한다. 충무공의 『난중일기』를 통해 16세기 조선의 처절한 역사적 현실을 알게 되고 연암의 『열하일기』를 통해 18세기 청나라의 문물을 한눈에 볼 수 있는 것은 일기가 가진 역사성 때문이다.

향파 이주홍 타계 37년 만에 일기가 출판된다. 향파는 금세기 보기 드문 천재적 역량을 두루 갖춘 종합 예술인으로 그동안 향파 문학은 몇 차례 전집을 통해 정리가 되어가고 있으나 일기가 공개되는 것은 처음이다. 『이주홍 아동문학 전집』에 이어 이제 일기가 책으로 엮어지면서 명실공히 향파 이주홍의 문학적 정리가 마무리되는 셈이다. 천자문에 이르기를 '化被草木 賴及萬方'이라고 했다. '교화가 초목을 덮고 신뢰가 만방에 이른다.'는 뜻이니 향파의 일기가 지역 사회는 물론 한국 문화계에 던질 화두가 바로 이런 것이 아닐까.

선거철을 맞아 우후죽순처럼 쏟아지는 정치인들의 자서전을 보면서 새삼 향파 일기를 출판하는 성균관대학교 대동문화연구원에 대해 이주홍문학재단 일원으로서 고마운 마음을 전하고 싶다.

2023년 12월

이주홍문학재단 이사 공 재 동

차례

일러두기

1. 『이주홍 일기』는 이주홍 문학관 소장 육필 일기 전문을 수록한 것이다.

2. 원문의 표기법을 존중하되, 현행 국립국어원 어문 규정을 원칙으로 하였다.

3. 명백한 오탈자에 한해서 원문 표기를 수정하였다.

4. 원문의 한자 중 간체자는 정자로 표기하였다.

5. 독해가 어려운 어휘는 한자 또는 원어를 병기하거나 주석을 달았다.

6. 한시 등의 한문은 번역문을 첨부하였다.

7. 아라비아 숫자는 원문대로 표기하고, 그 외 숫자는 한글로 표기하였다.

8. 문장부호 『 』는 매체명과 장편, 「 」는 단편, 〈 〉는 영화, 연극, 음악, 그림, 강연 등에 사용하였다.
   단, 매체명과 회사명이 동일한 경우 구별해 표기하였다.

9. 한자 판독 전문가의 감수 후에도 확정할 수 없는 글자는 '○'로 표기하였다.

'68

瞑想日記

1월

January

로마 신화의 門神(문신)의 신
Janus의 이름을 딴
the month of Janus

이 달의 人物

간디(Gandhi, Mohandas
Karamchand; 1869. 10. 2~1948.
1. 30)

인도의 민족 운동 지도자. 모
르반다르의 명문 출신. 런던 대
학에서 법률학을 연구한 후 남아
메리카의 인도인의 자유 획득을
위해 취임. 1915년 귀국 후 반영
(反英) 무저항 운동을 선언. 인
도의 독립과 해방을 위하여 분투.
제 2차 세계대전 이후 통일 인도
의 조직에 힘썼으나 바이슬람의
인도로 급진주의 일인에게 암
살당함. 인도 국민은 그를 마
하트마
(Maha-
ma; 위
대한 영
혼, 대성
의 뜻)라
고 불러
존경함.

1 일 대륙기 제정(1883)
　　미국 노예 제도 폐지(1863)
4 일 뉴우턴 출생(1643)
6 일 멘델 사망(1884)
8 일 이 봉창 의거(1932)
12일 페스탈로찌 출생(1746)
16일 맹자(孟軻) 사망(B.C. 289)
18일 정화선 선언(1952)
22일 영국 노동당 처음 내각 조
　　직(1914)
23일 서산대사(休靜) 사망(1604)
25일 올림픽 동계 대회 개최
　　(1924)
26일 오스트레일리아 독립(1788)
　　인도 공화국 독립(1950)
27인 모오짜르트 출생(1756)
29일 한미 방위조약 체결(1954)
30일 간디 암살(1948)
31일 한국, 보이스카웃에 가입
　　(1953)

◇ 豫　定 ◇

(月 日 曜日 (날씨)

날씨가 매우 차다. 海印寺로 가서
소설을 쓸까하다가 초하룻날이라서
집에서 있기로 했다. 崔海甲 군이
와 점심을 사 주었다. 저녁나절엔
崔海君씨 내외 분이 와서 같이 술을
마시고 놀았다. 나 없는 동안 집에
같이 있기 위해서 정숙이가 왔다.

特記事項

☆ 정화한 결혼 생활, 그것이 지상의 천국이다. 마음이 그치지 않는 결혼 생활은 지상 　7
의 지옥이다.　　　　　　　　　　　　　　　　　　　　　〈영국 속담〉

1월 1일 월요일

날씨가 매우 차다. 해인사로 가서 소설을 쓸까 하다가 초하룻날이라서 집에서 있기로 했
다. 최해갑 군이 와 점심을 사주었다. 저녁나절엔 최해군 씨 내외분이 와서 같이 술을 마시
고 놀았다. 나 없는 동안 집에 같이 있기 위해서 정숙이가 왔다.

特記事項

特記事項

8 ☆ 여자가 그 얼굴의 손질이 심하면 심할수록 가정의 일은 버림을 받는다.
〈벤·존슨〉

☆ 아내 없는 사나이는 몸이 없는 머리 통이고, 남편 없는 여자는 머리통 없는 9
몸과 같다. 장부이 나 몸과 같나니.
〈도이치 속담〉

1월 2일

마음이 집정되질 않아서 해인사엘 떠나나 어쩌나 하다가. 그만두어 버리고 R과 함께 잠옷과 석유난로를 사러 시내에 갔으나 난로는 최소가 만 사천 원이나 하는 고가이기 때문에 포기하고 국제극장에 가서 만화영화 〈서유기〉를 보았다. 재미가 없어서 억지로 보고 올라왔다.

1월 3일

날도 춥고, 머물러 있을 날짜도 얼마 없고 해서 해인사 행을 단념하고, 일체 행방을 감춘 채 집안에서 글을 쓰기로 작정했다. 소설 스토리 정하고 쓰기를 시작해, 12장쯤 썼다. 제목 「불시착」꽤 컨디션이 괜찮은 제목이다. 새벽에는 또 뚝뚝 옆방에서 소리가 나더니 4일 아침에 보니까 비워 놓은 옆방, 아줌마 방에 도둑이 문을 끊어 놓았다. 다행히 소리를 쳤기 때문에 잃은 것은 없었지만.

1월 4일

종일 붓을 들고 앉아는 있었지만 원고지는 단 두 장도 제대로 나가지 않았다. 이뤄진 일이 있다면 그것은 안날 써놓았던 것에 수정을 한 것뿐. 허창 씨가 전화로 TV에 나가 영화 이야기를 하자 했지만, 원고 때문에 거절했다.

1월 5일

소설 다소 진전. 저녁때 뜻밖에 이원수 씨가 왔다. 마산에 갔다가 오는 길이라고 했다. 저녁에 신나게 술을 마시고 있는데 최 선생 부처가 와서 좌석에 끼어 더 즐겁게 놀았다. 원수 씨 집에서 같이 잠.

(handwritten diary entries)

☆ 시작 ○ 만사의 신호(信號)가 된다. 이것을 이내라고 한다.
〈헤도파테스〉

☆ 마족한 마음을 가질 수 없는 사람은 결코 만족한 생활이란 있을 수 없다.
〈墨子〉

1월 6일

학교에 나갔으나 별일이 없어서 해운대에서 만나기로 한 원수 씨를 R과 무길 형과 같이 가서 만나 곱창집에서 점심을 맛나게 먹었다. 네 시에 떠나는 원수 씨를 역까지 같이 가서 전송.

1월 7일

소설 약간 진전. 날이 새로 추워지기 시작한다. 무길이 인순과 같이 와서 외등을 달아주고. 저녁을 먹고서 갔다. 고된 것도 모르고 R의 나를 섬기는 일 뭐라고 말할 수 없이 고맙다.

소설 계속.

소설 계속. 시내에 거우 이발하고. 국제에 들리어 최계락 군 만나고. 정정화가 점심을 사먹고 올라왔다.

特記事項

特記事項

☆ 결혼은 졸업이 아니고 수업의 시작이다. 결혼하기는 어우나 가정의 행복을 구축하기는 어렵다. 굳은 각오가 필요하다. 　〈영국 속담〉

☆ 돈은 밑 없이 깊은 물 속과 같다. 명예도 양심도 진리도 다 그 속에 빠지고 만다. 　〈카즈레〉

1월 8일

소설 계속.

1월 9일

소설 계속. 시내에 가서 이발하고. 국제에 들리어 최계락 군 만나고. 정정화가 점심을 사먹고 올라왔다.

(handwritten diary entry, left page)

(handwritten diary entry, right page)

☆ 행복한 날에는 즐기라. 불행한 일이 있는 날에는 생각하라. <舊約 傳道書>

☆ 교양과 가정 환경, 재산과 취미, 이런 점에 있어서 잘 어울리는 남녀간의 사랑은 잘 모아진 끈과 같이 어울린다. <레 심>

1월 10일

소설 거의 종말에 가까워졌다. 저녁나절에 김하득 학장이 왔기에 같이 내려가서 조동벽, 염태진 씨 등과 함께 보수동 '남지'라는 술집에서 술을 마시고 돌아왔다.

1월 11일

소설 끝냄. 94매. 마음이 가뿐하다. 저녁에는 연각, 명륜의 황 교장, 동중교장 안성도 씨와 '우정'에서 같이 술을 마시었다. R은 광복동에 내려가서 이동규 씨가 사주는 석유난로를 가지고 오고.

1월 12일[1]

이영찬 군의 결혼식에 참석했더니 신부가 바로 옛날 야로[2] 이수기 씨의 손녀이었다. 밤엔 최해군 씨와 함께 동래에 박문하 씨와 함께 술을 마시고 놀았다. 아침에는 서울 백낙청 씨에게 전화해 소설을 곧 보낸다 전하고.

1월 13일[3]

해운대 명월관에 가서 시험문제를 내고 있는 임시 출제실에 문제를 내어주고 왔다. 무길과 구 씨가 와서 같이 놀았다. 밤엔 최해군 씨도 와서 같이 술 마시며 놀고.

---

1) 원문의 6월 12일은 1월 12일의 오기.
2) 경상남도 합천군 야로면.
3) 원문의 6월 13일은 1월 13일의 오기.

김호준씨의 딸 결혼식에 갔다 왔다.
소설 정서를 하는데, 합천에 있는 고
선익 형님이 아들 수해 군이 찾아 왔기에
처음으로 만나 이야기하고 놀았다.

소설 정서. 문학시대를 찾아 왔다.

特記事項

20 ☆ 사랑하다 사랑을 잃는 것은, 한 번도 사랑해 본 일이 없는 것보다 낫다.
〈테니슨〉

特記事項

☆ 어리석은 자는 그 노여움을 낱낱이 나타내고, 지혜로운 자는 이것을 마음 속   21
에 접어 넣는다
〈舊約聖書〉

1월 14일[4]

김호준 씨의 딸 결혼식에 갔다 왔다. 소설 정서를 하는데, 합천에 있는 고 선익 형님의 아들 수해 군이 찾아왔기에 처음으로 만나 이야기하고 놀았다.

1월 15일[5]

소설 정서. 『문학시대』를 찾아 왔다.

---

4) 원문의 6월 14일은 1월 14일의 오기.
5) 원문의 6월 15일은 1월 15일의 오기.

1월 16일

학교에 가서 시험 원지 교정 봐주고 부일로 가서 허창, 풍산과 같이 점심을 먹고 돌아와 원고 정서를 재교정했다.

1월 17일

학교에 가서 월급을 찾아와서 최해군과 함께 『문학시대』 발송 준비를 했다. 이준승 씨 취직 운동으로 연각과 부산여대 이수웅 학장을 찾아 부탁하고 와서 밤에는 최 선생 부처와 술을 마셨다.

1월 18일

시내에 내려가서 이발을 하고 태화에 가서 『문학시대』를 차에 싣고 왔다. R과 같이 목욕을 갔다가 문화반점에 가서 저녁을 먹었다. 각처로 『문학시대』 우송.

1월 19일

이종률 씨 개운중학 졸업식에 참례해 달라 하나 사정으로 못 가고 축시를 지어 전했다. 마침 이종률 씨의 영부인을 만나

어둠에서

나고도

밝은

별들

어둠도 어림도
종소리에 쫓기는
화사한
배움 뜰

오늘 슬기로 영글은
과실을 안고
겨레 섬기는
큰 뜻 더불어

흙에서 나
흙의 고마움
아는
나무들같이

영광의 문 나서며
노래도 높구나
밤일수록 밝을
개운의 별들이여.

낮엔 김기준 군을 만나 같이 점심을 하고 책을 많이 얻어 왔다.
밤엔 현대문학에 보낼『한국소설사전』의 원고를 일부 쓰고.

1월 20일

『소설사전』원고 다 써서 보냈다. 지난해 1월 19일이 응가의 입원 날이었으니까. 이날은 그 다음 날이 된다. 종일 슬픔을 금할 수 없었다. 오후엔 최해군, 김호준 두 분과 함께 금강원에 산책을 하다가 응가를 지고 산으로 가 준 ×노인의 집에 가서 막걸리를 마시고 돌아왔다. 불쌍한 응가의 지하의 명복을 빈다.

☆ 망은(忘恩)은 언제나 일종의 약점이다. 나는 유능한 사람이 은혜를 잊은 줄을 한 번도 본 일이 없다. ✓ 　　〈괴에테〉

☆ 은혜를 받고 보답할 줄 아는 사람은 많은 혜택을 받는다. 〈셰익스피어〉 　

1월 21일

『아동문학』에 보낼 동화「살찐이의 일기」25매를 한꺼번에 썼다. 저녁나절엔 풍산이 왔기에 문화반점에 가서 저녁을 같이 먹었다.

　　R이 남천 갔기 때문에 나 혼자서 잤다. 응가를 생각하면서 마음 아팠다.

1월 22일

　　수대의 입학시험에 나갔다가 돌아와 동화원고 청서를 했다. R은 늦게야 돌아와 있었다. 응가가 병원에서 나오던 날이다. 이미 반은 죽은 사람으로서.

☆ 가난하면서 걱정 없이 지내는 사람은 이미 가난한 사람이 아니다.
〈셰익스피어〉

☆ 더럽혀지지 않는 마음보다 더 강한 방패가 어디 있겠는가. 〈셰익스피어〉

1월 23일

응가가 죽은 날이다. 학교에 갔다가 돌아와서 최해군 씨와 같이 응가의 무덤에 가서 꽃을 놓아주고 왔다. 도중과 집에서 최 선생과 술. 인생의 허무를 새삼 느끼면서, 오후엔 창작과 비평사에서 고료가 왔다.

1월 24일

학교에 가서 채점. 돌아오는 길엔 이발, 양복집에 외상 돈 가져다주고.

1월 25일

학교에 나가서 채점. 밤엔 배영사의 『아동문학』에 보낼 동화 「살찐이의 일기」를 최후로 손봐 봉투에 넣었다.

1월 26일

학교에 갔다 와서 『국제신보』에 싣는 「칩거잡기」의 계속을 썼다.

學校에서 入試査定. 돌아오는 길에
이준승씨와 같이 와 崔海군씨 오라해서
같이 막걸리를 마시었다. 國제엔
원고 가져다주고.

영찬의 일때문에 崔선생과 같이 추사장을
찾어 실정을 알어 보고 사과를 했다.
내가 太화에 신원보증해 취직을 시켜
놓았는데, 출근자세라면 빵이고, 추사장
의 도장을 훔쳐 수표를 끊어주고, 수금을 제
맘대로 해서 먹고해 10만원 내외의
손해를 끼쳐 놓고는 추사장이 알선해준
도 公보실로 전직해 간다는 것이다.
사람을 배신해도 유만부동, 괘씸한
놈이라 어떻게 해줘야 하는 게 생각이
나질 않었다.

1월 27일

학교에서 입시 사정. 돌아오는 길에 이준승 씨와 같이 와 최해군 씨 오라 해서 같이 막걸리를 마시었다. 『국제』엔 원고 가져다주고.

1월 28일

영찬의 일 때문에 최 선생과 같이 추 사장을 찾아 실정을 알아보고 사과를 했다. 내가 태화에 신원 보증을 해 취직을 시켜 놓았는데, 출근 자세가 엉망이고, 추 사장의 도장을 훔쳐 수표를 끊어 주고, 수금을 제 맘대로 해서 먹고 해 10만 원 내외의 손해를 끼쳐 놓고는 추 사장이 알선해준 도 공보실로 전직해 간다는 것이다. 사람을 배신해도 유만부동, 괘씸한 놈이라 어떻게 해줘야 할까 생각이 나질 않았다.

1월 29일

도에 가서 영찬을 만나 호되게 나무라 주었다. 최 선생과 함께 점심을 최상림, 정정화와 같이하고 집으로 돌아왔다. R은 혼자서 힘써 설음식을 장만하고 있었다.

1월 30일

설날, 아이들이 와서 같이 제사를 모시었다. 그러나 무엇보다도 충격을 받은 것은 홍도여관의 심재 선생이 별세하셨다는 소식이었다. 28일에 대구에 가서 입원, 29일에 돌아가셨다는 것이다. 그렇게 정정하시던 분이 거짓말 같다. 해인사로 전화를 해보았지만 병명도 모르겠다. 3일이 출상이라 하기에 그때에 가기로 마음먹었다. 나를 그처럼 좋아하시던 어른. 정말 섭섭함을 이겨낼 수 없었다.

1.31.

　낮에 국제문화부의 최상림, 정정화, 김규태, 하 양 제군이 왔기에 같이 술을 마시며 노는데, 나중엔 풍산, 허창까지 와서 같이 놀다가 밤엔 박문하 씨 댁에 풍산, 허창과 함께 가서 술을 마시고 돌아왔다. 내가 쓴 조문도 들어있고 하기에 청마의 『행복은 이렇게 오더니라』 한 권을 샀다.

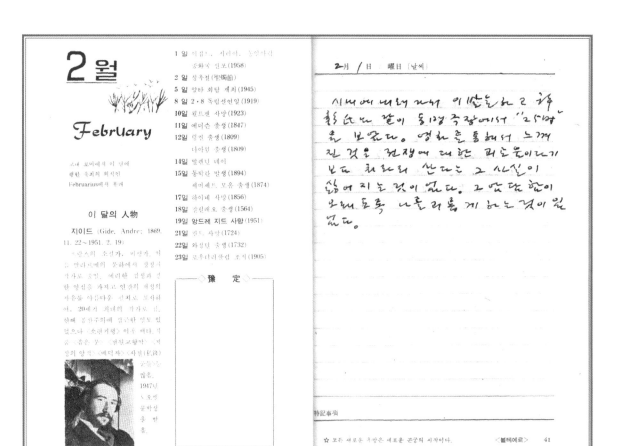

2월 1일

시내에 내려가서 이발을 하고 허창 씨와 같이 동명극장에서 〈25시〉를 보았다. 영화를 통해서 느껴진 것은 전쟁에 대한 괴로움이라기보다 차라리 산다는 그 사실이 싫어지는 것이었다. 그 암담함이 오래도록 나를 괴롭게 하는 것이 있었다.

(해인사의 심재 선생 장례식에 참례하러 아침 열 시 기차를 타고 대구 경유 해인사로 갔다. 쓸쓸한 겨울 풍경. 더구나 구력 정초이라서 가게 문들도 모두 닫혀 있었다. 언제나 그 선생과 같이 술 마시고 올라가던 길을 혼자서 걸어 올라가려니 마음 서글펐다. 상가에는 사람들이 꽉 차 있었다. 영전에 참배하고 둘째 사돈이란 분과 한방에서 잤다. 몸살이 났는지 잠이 불편했다.)

特記事項

☆ 진리는 우리에게 신념을 줄 뿐 아니라, 진리를 구한다는 길이 우리에게 무엇보다도 마음의 평화를 준다. 〈파스칼〉

☆ 무엇을 안다고 자부하지 말라! 그것은 도리어 알 길을 막는 것이다. 깨달았다는 것이 대개는 깨달음에서 먼 증거이다. 〈서양 명언〉

2월 2일

　해인사의 심재 선생 장례식에 참례하러 아침 열 시 기차를 타고 대구 경유 해인사로 갔다. 쓸쓸한 겨울 풍경. 더구나 구력 정초라서 가게 문들도 모두 닫혀 있었다. 언제나 그 선생과 같이 술 마시고 올라가던 길을 혼자서 걸어 올라가려니 마음 서글펐다.

　상가에는 사람들이 꽉 차 있었다. 영전에 참배하고 둘째 사돈이란 분과 한방에서 잤다. 몸살이 났는지 잠이 불편했다.

2월 3일

　아침 열 시쯤 출상. 평소에 인심을 얻은 분이 되어서 남녀 조객들이 무척 많았다. 특히 망인께서 힘을 써온 국민학교 아동들이 행렬을 지어 와 만사를 들고 상여 앞을 열 지어가는 풍경은 인상적이었다. 해인국민학교 앞에서 영결식을 마치고 윗신부락 우편 산에 있는 화장장에 가서 화장을 마쳤다. 징그러운 생각이 나서 처음엔 안 갈까 망설이다가 가보았는데, 예상

44   ☆ 인간의 눈앞 밖인 여러 가지 성격 중의 하나는「마이너스」를「플러스」로 전
환하는 일이다.   <알프레드·아들러>

☆ 우습다고 생각되는 일을 하라.   <에머슨>   45

외로 화장하는 광경을 그대로 볼 수 있었다. 관 위와 옆에다가 장작을 붙여 놓고 불사르는 것
이었다. 많은 사람들이 망인을 아껴 지켜봐서 그런지 그 타고 있는 광경이 조금도 징그럽게
는 생각되지 않았다. 오후 3시 버스로 대구 경유 밤에 집으로 돌아왔다.

2월 4일

R과 목욕을 한 뒤 풍산과 같이 거제리의 문용택 씨 댁에 돌과 난초 구경을 하러 갔다가, 돌
과 난초를 얻어가지고, 돌아오는 길엔 박문하 씨 집에 들러 맥주를 마시고 늦게 돌아왔다.

2월 5일

오늘부터 단편「땅」을 쓰려다가 그만두고 방영웅의『분례기』몇 장을 읽어 봤다. 통 말이 되
지 않는다. 이런 걸 어째서 걸작이라고들 떠드는지 까닭을 모르겠다. 저녁때엔 김호준 씨와
막걸리를 마시고 돌아왔다.

(한글 필기 원문)

☆ 뜻의 대단치 않은 병이나 또 마음의 대단치 않은 괴로움을 참을 줄 모르는 큰 일을 이룩하지 못한다. 〈姜太公〉

(한글 필기 원문)

☆ 아무리 노력해도 사람은 좋은 일만 하기란 어렵다. 그러나 사람은 누구든지 조금이라도 좋은 일을 하고 나면 좀더 좋은 일을 하고 싶어하는 법이다. 〈孔 子〉

2월 6일

천규석 씨의 취직 부탁을 하러 임호 씨를 만나 점심을 먹고 오후엔 허창 씨와 함께 국제극장에서 〈종말〉을 보고 여러 면에서 감동이 컸다. 역시 영화는 저만큼 만들어야 된다고 생각이 되었다. R은 이가 아프다고 밤새 잠을 잘 자지 못하고 있어서 안타까웠다.

2월 7일

R은 치통이 낫지 않아 고통을 하고 있다. 좋은 영화라기에 R과 최 선생 부처와 같이 온천극장에 가서 〈막차로 온 손님〉을 봤다가 실망천만이었다. 어린애들의 학예회보다도 더 서툰 연기와 연출이었다. 밤엔 이상태 군이 와서 맥주를 사고 놀았다. 낮엔 『사상계』 속간호를 샀는데 거기에 쓴 안수길 씨의 단편 「삭발」의 형식이 내가 지금 쓰려고 하고 있는 것과 닮아서 께름칙했다.

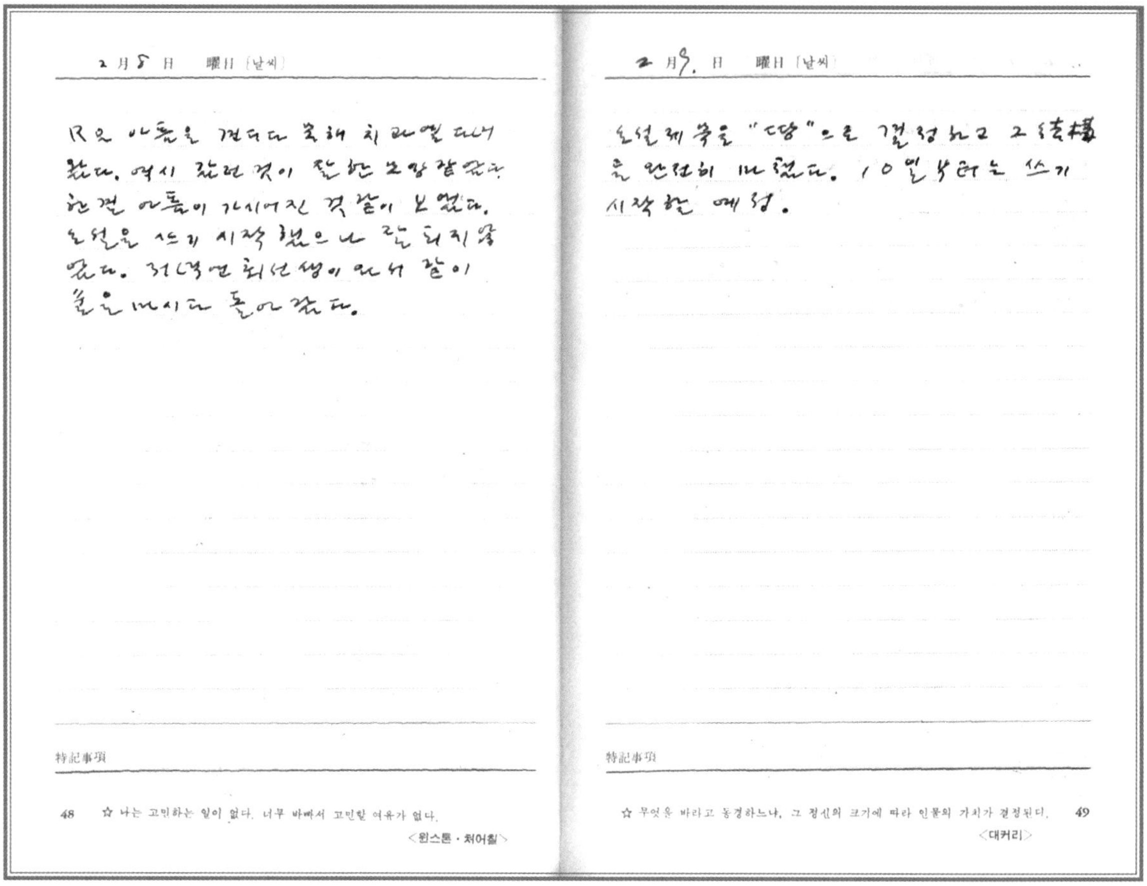
2月8日 曜日 [날씨]

R은 아픔을 견디다 못해 치과엘 다녀왔다. 역시 갔던 것이 잘한 모양 같았다. 한결 아픔이 가시어진 것 같이 보였다. 소설을 쓰기 시작했으나 잘 되지 않았다. 저녁엔 최선생이 와서 같이 술을 마시다 돌아갔다.

特記事項

48 ☆ 나는 고민하는 일이 없다. 너무 바빠서 고민할 여유가 없다. <윈스톤 · 처어칠>

2月9. 日 曜日 [날씨]

소설 제목을 "땅"으로 결정하고 그 結構를 완전히 마쳤다. 10일부터는 쓰기 시작할 예정.

特記事項

☆ 무엇을 바라고 동경하느냐, 그 정신의 크기에 따라 인물의 가치가 결정된다. <대커리> 49

2월 8일

R은 아픔을 견디다 못해 치과엘 다녀왔다. 역시 갔던 것이 잘한 모양 같았다. 한결 아픔이 가시어진 것같이 보였다. 소설을 쓰기 시작했으나 잘되지 않았다. 저녁엔 최 선생이 와서 같이 술을 마시다 돌아갔다.

2월 9일

소설 제목을 「땅」으로 결정하고 그 결구를 완전히 마쳤다. 10일부터는 쓰기 시작할 예정.

2월 10일

시내에 내려가서 이발을 하고 도중에서 천상병 씨를 만나 놀랐다. 지난 12월 중에 출옥했다고 했다. 최상림 씨와 점심을 같이 하고 돌아와 소설을 쓰기 시작하다가 김호준 씨와 술을 마시었다.

2월 11일

풍산이 점심을 사기에 먹고 돌아오니 이종식 씨가 집에 와 있었다. 금강원 산책을 하고 돌아와서 그가 산 맥주를 마시고 저녁을 먹었다. 밤에 최 선생 사모님이 식모 아이를 데리고 왔다. 인상이 그렇게 마음에 들지는 않는 아이였다.

特記事項

特記事項

☆ 인생은 너무나 짧으니 미루지 말고 살지 않는 것이 좋다.　　<디플레리>

☆ 어떠한 일이든지 열심히 그것만을 생각하면 반드시 운이 트일 날이 있으리
다.　　<발 작>

2월 12일

을유문화사에 『수호지』인지 5,000매를 보냈다. 그리고 해인사의 옥산여관에 편지와 심재 선생 장례식 때 찍은 사진을 보냈다. 충무의 김병동 씨에게는 가네코 노보루 씨에 보낼 벼루 집에 글씨를 써서 보내고. 소설을 썼다. 약간의 진전이 있었다.

2월 13일

소설을 썼다. 오후엔 풍산과 최 선생 오고. 이어서 연각이 와서 관광호텔에 가 술을 내었다. 오늘이 청마의 일주기라고 한다. 죽음과 삶 별로 실감이 안 나는 것 같다.

술 뒷날이라 고단해서 목욕을 하고 와
누워 있었다. 밤에는 안성도씨가 술을
내어서 유장에 가 놀다가 돌아왔다.
소설은 한장도 쓰지 않았다.

소설을 쓰고 있다가 학교에 가서 월급
을 찾어가지고 왔다. 부산서는 드물게
눈이 많이 날린 날. 먼산이 異國같
이 하얗다. 崔海君씨의 소설원고 "제
이의 血緣時代"를 읽어 보았다. 실망.
어떻게 그런 素材와 思考이었을가
생각해 봤다.

---

54 ☆ 사람이 악의 악식을 마다하지 않고 물욕이 없을진대 마음 먹은 무슨 일인들 못하랴?　　　　　　　　　　〈注 華〉

☆ 남을 저주하면 또 나한테 저주가 올 것이다. 우리는 우리가 원하는 물건에 대해서 늘 그 값을 치부어야 한다.　　　〈에머슨〉　　55

2월 14일

술 뒷날이라 고단해서 목욕을 하고 와 누워 있었다. 밤에는 안성도 씨가 술을 내어서 유장에 가 놀다가 돌아왔다. 소설은 한 장도 쓰지 않았다.

2월 15일

소설을 쓰고 있다가 학교에 가서 월급을 찾아가지고 왔다. 부산서는 드물게 눈이 많이 날린 날. 먼 산이 이국같이 하얗다. 최해군 씨의 소설 원고 「제이의 혈연시대」를 읽어 보았다. 실망. 어떻게 그런 소재와 사고이었을까 생각해봤다.

(handwritten diary pages)

2월 16일

소설을 썼다. 17일이 아버님 제사이기 때문에 R은 저자에 다니느라고 매우 바빴다. 허창 씨를 밤에 만났다. 『부일』에 소설을 쓰라는 소식이었다. 술을 많이 마셨다.

2월 17일

아버님의 제삿날. 소설을 쓰다가 부일영화상 심사회가 있어서 내려갔다. 심사회를 마치고 일찍 돌아와서 제사를 드렸다.

大映에서 "잃어버린 사람들"의
試寫會. 許昌, 尹可賢, 鄭貞和, 金 外데.
풍山, 우하, 萬滝 등 諸氏로
와서. 끝이 "술을 마시고 즐겼
다. 마지막 판엔 두메. 신상택
氏 등도 오고.

特記事項

58 ☆ 快樂에서 거름을 구하지 말라. 내가 계획한 좋은 일을 전려을 다하여 썼을
     때 그 기쁨만큼 큰 것이 또 어디 있으랴.   〈스탕달〉

孫東仁氏에게 文學時代의 고료를 우송
하고 시내에 내려가 이발을 하고
돌아왔다. 밤 열시까지 써서 소설
"땅"을 끝냈다. 총 108매. R은 남천
가 돌아오지 못한다는 전화가 왔다.

特記事項

☆ 참된 人生은 내 자신 속에서만 끄집어 낼 수 있다.   〈세네카〉   59

2월 18일

대영에서 〈잃어버린 사람들〉의 시사회. 허창, 윤가현, 정정화, 김종출, 풍산, 우하 등 제씨가 와서 같이 술을 마시고 즐겼다. 마지막 판엔 두메, 신상택 씨 등도 오고.

2월 19일

손동인 씨에게 『문학시대』의 고료를 우송하고 시내에 내려가서 이발을 하고 돌아왔다. 밤 열 시까지 써서 소설 「땅」을 끝냈다. 총 108매. R은 남천 가 돌아오지 못한다는 전화가 왔다.

2 月 21 日　曜日　날씨

(handwritten diary entries — reproduced in print below)

☆ 보통 앉은 자리에서 주고 받는 얘기는 이상이 교묘한 증거보다 낫고 또 믿을 만한 것이 지식보다 낫다. ·　　　〈템 플〉

☆ 언제나 지킬 수 있는 말을 하라. 행동은 남이 입을 다물 만한 행동을 하라.　　　〈프랑스 격언〉

2월 20일

소설 정서를 시작했다. 이준승 씨가 왔기로 문화반점에 가서 점심을 먹고 돌아왔더니 R이 돌아와 있었다. 저녁에는 정자가 와서 같이 잤다.

2월 21일

종일 소설 정서. 두메가 『사기』를 얻어다 주었다.

2월 22일

소설 정서 끝내고 국제신보사에 가서 〈소설을 씁시다〉의 좌담회에 참석했다. 밤엔 허창 씨와 술.

2월 23일

아침 10시 차로 상경. 국제신보에 부탁해서 산 차표가 잘못된 것이어서. 새로 입석표를 사느라고 당황했다. 도중에 크게 눈이 내렸다. 서울에 내릴 때도 눈이 많이 날리고 있었다. 여관에 들렀다가 을유로 가 안춘근 씨를 만나고 나오는 길에 같이 술을 마셨다. 밤에 집의 R로 전화.

(상단은 육필 일기 이미지)

特記事項

特記事項

2월 24일

오전엔 배영사로 갔다. 박홍근 씨가 마침 거기에 나와 있었다. 『정만서』 조판은 다 끝나 있는데 지금은 표지 준비를 하고 있노라고 했다. 점심땐 현대문학사로 가서 가지고 간 소설을 주고 이원수 형이 그리로 오는 것을 기다려 서울대 교수회관에서 있다는 신인문학상 시상식에 갔다. 거기서 김동리, 이종환, 김수영, 이호철 등 여러 사람들을 만났는데 동리 씨는 이번 만은 꼭 『문학시대』에 소설을 쓰겠다고 했다. 밤엔 영광을 만나고, 혼자 여관으로 돌아와 있으니까, 강훈이가 『문학시대』 반품된 것을 가지고 왔다. R에게로 전화, 남천동 어머니가 와서 잘 계신다고 했다.

2월 25일

아침에 전화를 했더니 문희가 달려왔다. 둘이서 상도동에 있는 안춘근, 최인욱 씨 두 분의 집에 가서 술대접을 받으면서 재미있게 놀다가 왔다. 밤엔 여관으로 김영일, 홍은표 두 사람

66 ☆ 한 가지 뜻을 세우고 그 길을 걸어 가라! 잘못도 있으리라. 실패도 있으리라. 그러나 다시 일어나서 앞으로 가라! 〈프라케트〉

☆ 자기라고 생각하는 그것이 자기가 아니다. 완성자고 생각하고 노력하는 것이 참된 자기 자신인 것이다. 〈노먼·빈센트·필〉 67

이 왔기에 같이 술을 마시고 놀다가 홍은 가고 김은 같이 잤다. 그런데 술김에 홍이 내 안경을 가져갔으니 우선 답답함을 금할 수 없었다.

2월 26일

홍이 있는 성남학교로 연락을 해도 잘 안 되었다. 김영일 형은 혼자 밥 먹고 있으라 해놓고 나는 답십리의 이원수 형 댁으로 가서 아침 대접을 받았다. 을유에 가서 돈 만 원을 얻어 여관으로 돌아오니 이태수, 문희 등이 와서 있었다. 이 군이 내는 점심을 같이 먹고 2시 반 맹호호[6]로 내려왔다. 남천 어머니가 가고 안 계시기 때문에 너무 섭섭했다.

---

6) 1967년부터 1970년까지 운행한 여객열차.

2월 27일

　시내에 내려가 최계락 군과 점심을 먹은 뒤 안경을 맞추고, 양병식 씨가 산 맥주를 마신 뒤 동래로 올라와 최해군 씨와 술을 마시고 나중엔 박문하 씨와도 마셨다. 『일한사전』을 삼. 낮엔 『국제신보』「독자가 쓰는 소설」첫 회 7매를 썼다.

2월 28일

오늘부터 『영웅』 집필을 시작해볼까 했더니 간밤에 술을 많이 한 탓으로 해서 쓸 기분이 나지를 않았다. 최 선생과 금강원 산책. 집에 돌아와서는 부탁받은 합천여중교의 교가를 지었다.

1
조촐한 그 마음 같은 백사장 굽어보며
영원한 그 생명 같은 긴 가람 바라보며
단아히 터 잡아선 슬기의 요람
그 이름 무궁하여라 합천여중교
　　　　　　합천여중교

2

겨레의 꽃으로 필 찬란한 꿈을 안고
영광의 내일을 멜 보람찬 짐을 안고
무성히 자라나는 진리의 동산
그 이름 무궁하여라 합천여중교
　　　　　　　　　합천여중교

2월 29일

교가를 보내고 『영웅』의 작자의 말이라도 쓸까 하고 있는데 국제문화부의 최상림, 정정화, 하 양이 와 『독자 릴레이소설』을 찾아갔고 정화가 남아 술을 마셨기 때문에 그만 아무것도 못 하고 말았다. 정화는 진순이와의 사이가 거의 결정적인 파탄에 와 있는 것 같다. 남의 일 같 지가 않았다.

집에서 종일 小說 資料 整理.

이발 하고, 허장동, 배나리 만나 술은 大醉. 小說 構想 차차로 영글어 가는 듯하다.

特記事項

70　☆ 남 보는 눈을 높이 가져라. 착안이 높지 않고서는 높은 도리를 발견할 수 없다.
　　　　　　　　　　　　　　　　　　　　　　　　〈동양 밀언〉

特記事項

☆ 심중 추구의 꽃은 사람 눈에 띄지 않는 곳에 피어서 향아(薰野)의 공기에 향기를 풍긴다.　　〈그레이〉　71

3월 1일

집에서 종일 소설 자료 정리.

3월 2일

이발하고, 허창, 풍산과 만나 술을 대취. 소설 구상 차차로 영글어 가는 듯하다.

로마 신화의 Jupiter의
Juno의 아들인 군사의 신
Mars의 이름에서 유래

이 달의 人物

괴에테 (Goethe, Johann
Wolfgang Von: 1749. 8. 28~
1832. 3. 22)

도이치 최대의 문호이며 자연
과학자, 프랑크푸르트 출생. 24

豫 定

3月 3日 曜日 [날씨]

特記事項

☆ 의복은 추위를 막아내고 음식은 굶주림을 면하면 족하다.   <菜 根>   75

3월 3일

　오늘부터 연재소설을 쓸 예정이었으나 간밤에 술을 많이 마셨고, 또 일요일이면 일도 잘되지 않는 형편이고 해서 놀기로 작정하고, 두메와 산보를 했다. 동해중학 구경. 이종율 씨의 집에도 들리고, 오후엔 다시 팔송정으로 최해군 씨까지 끼어서 가 공원묘지 구경을 했다. 꽤 지대가 좋은 곳이었다. 낮엔 이유식 군이 놀러 왔다면서 잠시 놀다가 가고.

特記事項

特記事項

☆ 좋은 약은 입에 쓰고 이로우며 말은 귀에 거슬린다. 〈東醫寶鑑〉

☆ 종일토록 길을 양보해도 백보를 양보하지 않는다. 〈荘子〉

3월 4일

수대『백경』의 독촉이 심해 소설 쓰려던 것을 그만두고,「문학의 이상」23매를 썼다. 백낙청 씨로부터『창작과비평』봄호가 2부 붙여왔다. 내「불시착」소설이 실려 있는 호이다. R이 남천에 갔다가 영숙을 데리고 왔다.

3월 5일

첫 수업이 있는 줄 알고 학교에 나갔더니 1학년 수업은 11일부터라고 해서 시내에 나와 국제신보에서 고료 3,000원을 찾아 문화부 사람 최, 정, 김 세 사람에게 점심을 샀다. 집에 와서는 R과 정숙과 시장 구경. 밤부터 글을 쓰려 했으나 잘 안 된다.

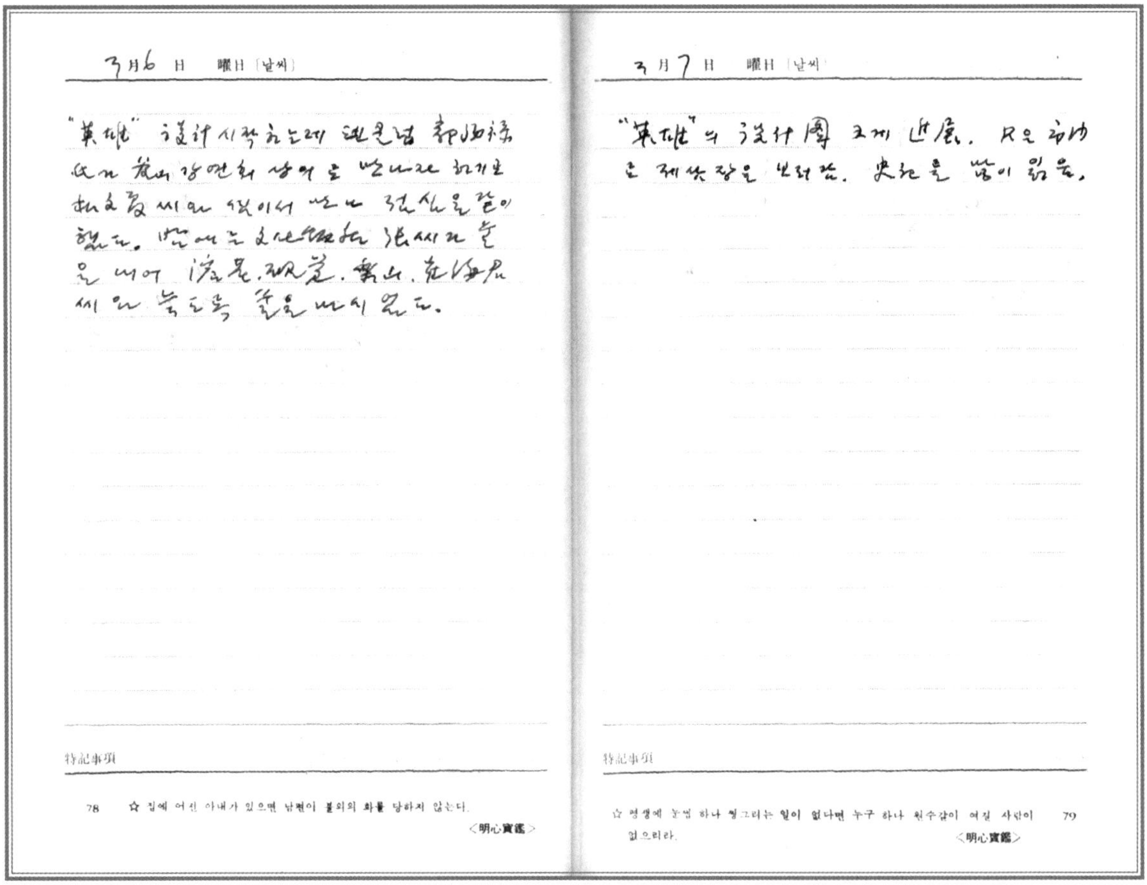
3月6日 曜日 [날씨]
3月7日 曜日 [날씨]
特記事項
78 ☆ 집에 어진 아내가 있으면 남편이 불의의 화를 당하지 않는다.
<明心寶鑑>
☆ 평생에 눈썹 하나 찡그리는 일이 없다면 누구 하나 원수같이 여길 사람이 없으리라. 79
<明心寶鑑>

3월 6일

『영웅』 설계 시작하는데 펜클럽 곽복록 씨가 부산 강연회 상의로 만나자 하기로 박문하 씨와 셋이서 만나 점심을 같이했다. 밤에는 문화반점 장 씨가 술을 내어 용기, 연각, 요산, 최해군 씨와 늦도록 술을 마시었다.

3월 7일

『영웅』의 설계도 크게 진전. R은 시내로 제사 장을 보러 감. 『사기』를 많이 읽음.

3월 8일

학교에 나가 추가시험을 치고 시내로 가 최계락 군을 만나 점심 먹으면서 동화집 발행에 대한 의논하고, 『사기』를 읽고, 밤엔 증조부님의 제사를 지냈다. 최해군 선생과 술을 마시며 놀았다.

3월 9일

『사기』를 읽다가 동래에 내려가서 우하와 점심을 먹고 돌아왔다. 일찌감치 저녁밥을 먹으려 하고 있었더니 허창 씨로부터 전화가 왔기로 내려가서 풍산과 같이 술을 마시고 돌아왔다.

特記事項

特記事項

82　☆ 물이 너무 맑으면 고기가 놀지 아니하고, 사람이 너무 살피면 친구가 없나.
〈孔子家語〉

☆ 헤엄 잘 치는 사람이 물에 빠지고, 말 잘 타는 사람이 말에서 떨어진다　83
〈淮南子〉

3월 10일

시화 서너 장 그래서 최계락 군과 김기준 군과 이종식 씨에 줄까 했더니 허창, 정정화 군이 놀러왔기에 풍산과 넷이서 점심을 먹고 금강원 동물원 구경을 하고 놀았다.

3월 11일

합천여중 교장 장성균 씨가 교가의 작곡을 의뢰해 왔기에 편지로 유신 씨에게 곡을 의뢰했다. 이상태 군이 전화를 해왔기에 내려가서 남 교장과 여럿이서 술을 마시고 나중엔 교장과 둘이서 송도에 가서 다시 술을 마시고 잤다.

3월 12일 曜日 [날씨]

이발하고 종일 집에서 있었다.

3월13일 曜日 [날씨]

학교에서 신학기 첫 시간이 있었다. 오후 一 형으로부터 "톡톡할아버지" 원고 재촉이 왔기에 쓰기 시작했다.

特記事項

特記事項

84 ☆ 세 치의 혓바닥으로 다섯 자의 몸을 살리기도 하고 죽이기도 한다.
〈동양 명언〉

☆ 믿음 없는 확실한 방법은 나 스스로가 남의 힘이 되는 데 있다. 85
〈에머슨〉

3월 12일

이발하고 종일 집에서 있었다.

3월 13일

학교에서 신학기 첫 시간이 있었다. 김영일 형으로부터 「톡톡 할아버지」 원고 재촉이 왔기에 쓰기 시작했다.

86 ☆ 나무는 먹줄을 받아야 곧고, 사람은 남의 충고를 들어야 훌륭해진다.
〈明心寶鑑〉

☆ 배를 안으면 웃이고 배를 놓지면 말한다. 〈列子〉 87

3월 14일

학교에서 돌아와 『애국소년』에 보낼 연재동화 「톡톡 할아버지」30매를 썼다. 풍산이 단소를 보내주었다.

3월 15일

학교에서 수업을 마친 뒤 정 학장과 남천에 가서 횟집의 점심을 하고, 표구집 대청사에 가 값을 준 뒤 내일에 있을 부일영화상 시상식에서 읽을 보고 초안을 쓰고, 밤엔 금호장에서 정 학장, 김두형, 전찬일 등 몇 교수와 술을 마시었다.

(handwritten diary entry)

(handwritten diary entry)

3월 16일

부일영화상 시상식이 부산극장에서 있었는데 심사경위 보고를 하고 반도호텔에서 수상자들과 점심을 같이했다. 김수용 감독 외 황정순, 박노식, 허장강, 주증녀, 윤정희 등 배우들과. 『애국소년』에 원고를 보냈다. 밤엔 대영극장 사장이 내는 술을 '버번'에서 마시고 돌아왔다.

3월 17일

최해군, 풍산과 같이 만덕고개에 등산, 그곳 주막에서 술과 점심 요기를 하고 늦게야 들어왔다.

3월 18일

시내에 내려가서 이발을 하고 내 시화도 걸려 있는 공보관의 3·1종합예술전을 구경하고, 허창 씨가 내는 점심을 같이했다. 그 자리엔 서울KV[7]에 있는 박 여인도 동석, 『창작과비평』 관계 동인들의 이야기를 하면서 나의 「불시착」이 크게 문제 되고 있다는 말을 하고 있었다. 현대극장에서 〈우수〉를 보고 감격했다. 이야기며 연기며 이를 데 없는 영화였다. 집에 돌아와서 술을 시켜다 놓고 R과 같이 이야기하며 놀았다.

3월 19일

『사기』의 '고조본기'를 읽기 시작. 『중앙』 창간호를 사 김동리의 「꽃피는 아침」을 읽다가 거기에 그의 어린 아기의 죽음의 기록이 생생하게 그려 있었으므로 은가의 생각이 나서 마음이

---

7) 서울문화방송.

학교에서 돌아오던 길에 국제신보에 들리어 정[[정화]]. 최[[상림]]씨 들과 술을 대취함.

술을 마신 뒷날이라 아무래도 자신이 나질 않아서 두시간 강의라 있는 학교를 쉬었다. 시내에 내려가 최[[철호]]군으로부터 광고료(文[[學時代]]) 5000원 받고, 밤엔 최[[해군]]씨와 집에서 술을 마시고.

아팠다. 동리도 그러한 불행을 당했던가. 김원룡 씨의 수필 「인간, 신, 송충」도 감명 깊었다.

3월 20일

학교에서 돌아오던 길에 국제신보에 들리어 정정화, 최상림 씨들과 술을 대취.

3월 21일

술을 마신 뒷날이라 아무래도 자신이 나질 않아서 두 시간 강의가 있는 학교를 쉬었다. 시내에 내려가 최철호 군으로부터 광고료(문학시대) 5,000원 받고, 밤엔 최해군 씨와 집에서 술을 마시고.

3월 22일

학교에 나갔다가 집으로 돌아왔다. 유신 씨가 합천여중 교가 작곡된 것을 가지고 왔기에 술을 마시었다.

3월 23일

유신 씨와 같이 부산대학에 가서 교가 테이프를 녹음기로 들었다. 상당히 만족한 곡이었다. 점심은 동래에 내려가서 유신 씨와 박문하 씨와 같이했다. 합천여중으로 전화해 내일이 공일이니까 내려와 작곡을 찾아가라 했더니 바빠서 못 내려온다는 대답이었다. 괘씸한 인간들이다.

大映劇場에서 "閨秀"의 試寫會가
있었다. 許昌氏와 같이 올라와
豊山과 셋이서 五輪臺에 가 술을
마시고 돌아오는 길에 다시 市內
로 내려가 오래도록 술을 마시고
돌아오니 R이 여간 火를 내는 것이
아니다. 사실은 나도 요즈음 술이
좀 심하긴 했다고 생각한다.

R은 종일 흐려 있더니 끝내 나
가버리고 말았다. 어찌할 도리가
없어서 종일 누워 있었다. 밤엔
계성여고에 줄 詩, "별로 화해가는
꽃들" 한편을 쓰고 教育評論社로
부터 請託 받은 "어린이와 散策"
17매를 썼다.

3월 24일

대영극장에서 〈규방〉의 시사회가 있었다. 허창 씨와 같이 올라와 풍산과 셋이서 오륜대에 가 술을 마시고 돌아오는 길에 다시 시내로 내려가 오래도록 술을 마시고 돌아오니 R이 여간 화를 내는 것이 아니다. 사실은 나도 요즈음 술이 좀 심하긴 했다고 생각한다.

3월 25일

R은 종일 흐려 있더니 끝내 나가버리고 말았다. 어찌할 도리가 없어서 종일 누워 있었다. 밤엔 계성여고에 줄 시「별로 화해가는 꽃들」한 편을 쓰고 교육평론사로부터 청탁받은「어린이가 산책」17매를 썼다.

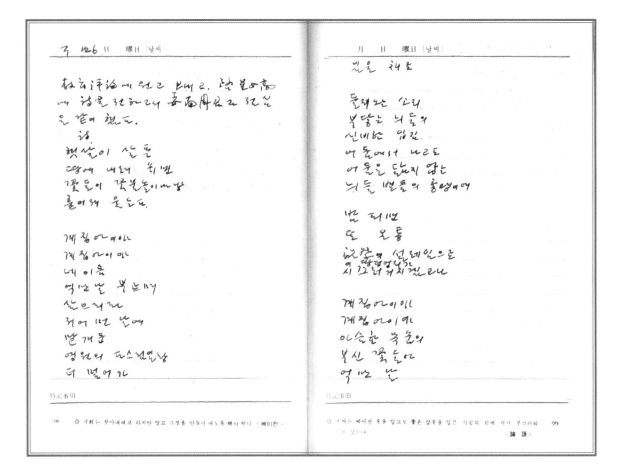

3월 26일

『교육평론』에 원고 보내고, 계성여고에 시를 전하고서 강남주 군과 점심을 같이했다.

시

햇살이 살픈

땅에 내려 쉬면

꽃들이 꽃불놀이마냥

흩어져 웃는다.

계집아이야

계집아이야

네 이름
억만 날 부르며
살으리라
저어 먼 날에
맡겨둔
영원의 다스림일랑
더 멀어가
있을 채로

들려오는 소리
부닿는 늬들의
신비한 입김
어둠에서 나고도
어둠을 닮지 않는
늬들 별들의 총명이여

밤 되면
또 온통
축제의 설레임으로
이 땅덩어리가
시끄러워지겠고나

계집아이야
계집아이야
아슬한 목숨의
부신 꽃들아
억만 날
늬들 이름 불러가며
나도 살리라

나도 함께 살으리라

시화 세 개를 그렸다.

3월 27일

학교 강의. 대청사에 시화를 갖다 맡겨 표구를 하도록 했다. 이발. 집에 돌아와선『교육평론』에 보낼 연속물 일 회분을 써놓았다.

3월 28일

학교 강의, 집에 와서 교육평론사 원고 이 회분 다 썼다.

꽃씨를 사서 심고, 증조모님 제사가 드는 밤. R이 혼자서 고생하고 있었다.

3월 29일

학교 강의. 대청사에 가서 표구를 찾고 모란다방에서 놀다가. 김기준 군 댁과 이종식 씨 댁에 각각 시화를 전해주고, 저녁에는 양병식이 맥주를 사기에 마시다가 왔다. 창희가 왔다.

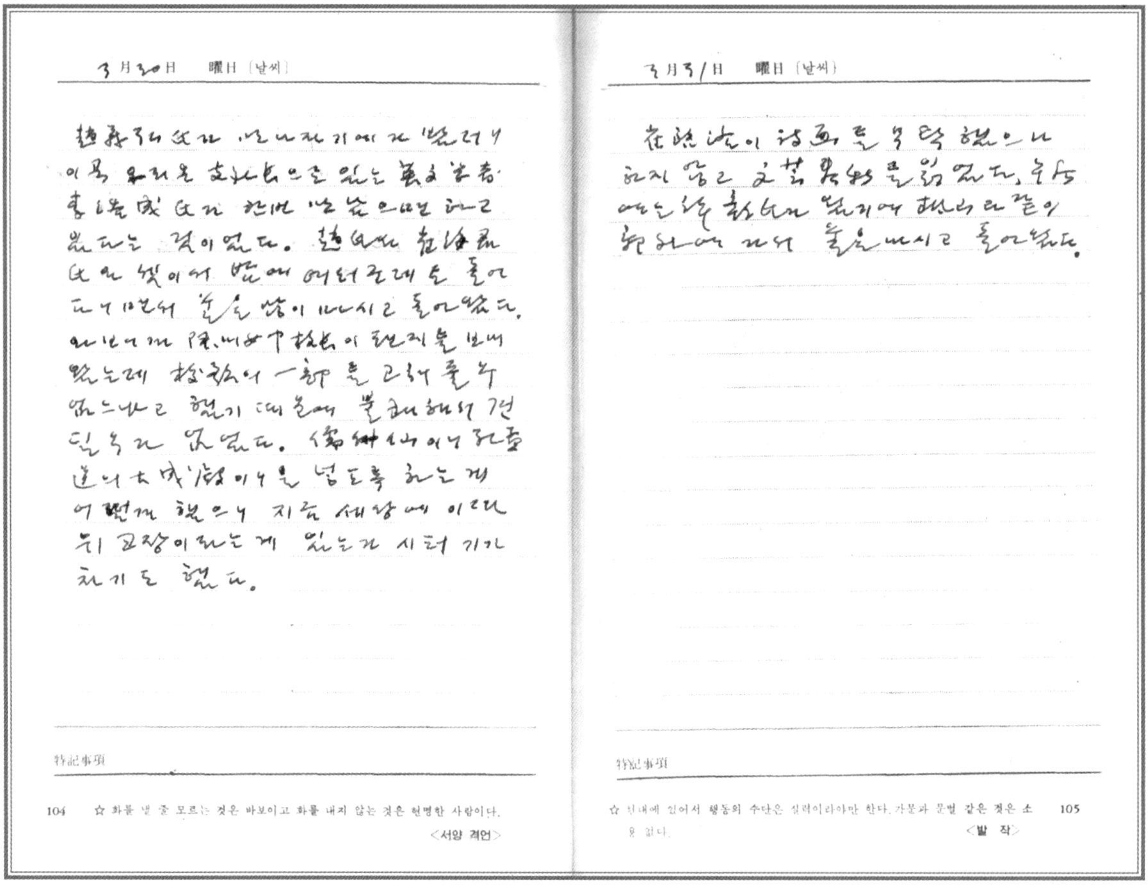

3월 30일

조의홍 씨가 만나자기에 가 봤더니 이곳 오리온 지사장으로 있는 영문학자 이호성 씨가 한 번 만났으면 하고 있다는 것이었다. 조 씨와 최해군 씨와 셋이서 밤에 여러 군데를 돌아다니면서 술을 많이 마시고 돌아왔다. 와 보니까 합천여중 교장이 편지를 보내왔는데 교가의 일부를 고쳐줄 수 없느냐고 했기 때문에 불쾌해서 견딜 수가 없었다. 유불선이니 공맹도의 대성전이니를 넣도록 하는 게 어떨까 했으니 지금 세상에 이따위 교장이라는 게 있는가 싶어 기가 차기도 했다.

3월 31일

최계락이 시화를 부탁했으나 하지 않고 『문예춘추』를 읽었다. 오후에는 허창 씨가 왔기에 풍산과 같이 곽외에 가서 술을 마시고 돌아왔다.

April

라틴어의 aperire(open)에서
온 말로서 꽃이 피는 달

이 달의 人物

러셀 (Russel, Bertrand Arthur William; 1872.4.18~)

영국의 철학자, 수학자, 사회 선론가, 제1차 세계대전 중반전 운동으로 감옥에 갇힌 우 사회평론가로서 최초에 전념하여 대저 〈수학 원리〉를 발행하고, 진 아질 원성평론자로서 전원의 비 군배청을 대입음, 모한 사회 과 의 원리 등으로 무정부주의 간 망에서 모수의 사상을 강조하 므로, 최근에는 미국의 노라 장 수의에 청군하게 되었 음. 1950 년 노오 벨 문학 상을 받 았음.

1 일 메이 데이 愛吾 스데이(萬愚節)
4 일 북대서양 동맹 조약 조인 (1949)
5 일 식목일
7 일 세계보건일 (1948)
신문의 날 (7~13일 ; 신문주간)
9 일 미국 남북전쟁 종결 (1865)
11일 상해 임시정부 조직 (1919)
12일 도서관의 날 (1957)
13일 임진왜란 일어남 (1592)
14일 백두산 분화 (1702)
15일 링컨 사망 (1865)
18일 해병대 창설 (1949)
러셀 출생 (1872)
19일 4 · 19 학생 의명일 (1960)
22일 칸트 출생 (1724)
23일 셰익스피어 출생 (1564)
26일 아시아 연화의 개최 (1954)
28일 시민의 난 (1963)

豫 定 ──

4月 1日 曜日 [날씨]

아침에 崔啓洛 석장을 그려가지 오 崔啓洛
君에게 가져다 주고, 모란 다방에
展覽會을 會場에 걸려 있는 내 "해같이
달 같이·만"은 내가 보란 하려 가지
고 올라 왔다. 陜川여中 校長에게
校務인 테이프른 返送하라고 며시
하는 편지 를 써서 보냈다. 詩화의
"숲"이 팔렸기 때문에 午後에 다시
한 장을 그렸다.

科에네

☆ 가장이 화창하게 붐출하는 가정엔 나달 꽃에서 찾아볼 수 없는 정화가 있다.   109

4월 1일

아침에 시화 석 장을 그려가지고 최계락 군에게 가져다주고, 모란다방의 전람회장에 걸려 있는 내 〈해같이 달같이만〉은 내가 보관하려 가지고 올라왔다. 합천여중 교장에겐 교가와 테이프를 반송하라고 멸시하는 편지를 써서 보냈다. 시화의 〈숲〉이 팔렸기 때문에 오후에 다시 한 장을 그렸다.

4월 2일

나의 동화집 『섬에서 온 아이』의 표지, 편화 등을 그리려고 시작했다가 편화만 그려 놓고, 놀러 온 풍산을 따라 금강원 산책을 하고 돌아왔다.

4월 3일

학교 강의. 최계락 군과 같이 가서 먹은 승리관의 비빔밥이 마음에 들어 애를 써 가보았더니 형편없는 것이었다. 왜 처음에는 그렇게 마음에 들었던 것일까. 표구집에 그림을 맡기고 돌아와 『섬에서 온 아이』의 표지를 그렸다. 예상외로 만족한 것이 되었다.

학교강의. 太和에 돈 /8만원을 가
졌다 주었다. 『釜山』'쌀롱' 원고 씀.
밤엔 집에서 崔海君 씨와 술을 마
시었다.

펜 클럽 세미나 관계로 金容浩씨가
내려왔다. 밤엔 金素雲씨 등과 朴
文夏 씨가 내는 술을 마시고 돌아왔음

☆ 아버지에게 간(諫)하는 자식이 있으면 그 집안이 불의(不義)에 빠지는 것
을 전할 수 있다.   〈孝 經〉

112

☆ 가장 적은 값으로 가장 큰 만족을 얻는 것이 경제 관념의 기초이다.
                                    〈애덤·스미드〉
113

4월 4일

학교 강의, 태화에 돈 팔만 원을 가져다주었다. 『부일』 '쌀롱' 원고 씀. 밤엔 집에서 최해군 씨와 술을 마시었다.

4월 5일

펜클럽 세미나 관계로 김용호 씨가 내려왔다. 밤엔 김소운 씨 등과 박문하 씨가 내는 술을 마시고 돌아왔다.

이발. 동화집 면지의 그림을 새로 그렸다. 부인에 쌀롱 갖다주고. 밤엔 풍산과 창과 술.

일요일. 금강원에 올라가는 사람이 인해 같다. 풍산과 산책을 하다가 문화반점에서 술을 마시었다.

4월 6일

이발. 동화집 면지의 그림을 새로 그렸다. 『부일』에 '쌀롱' 갖다주고. 밤엔 풍산과 창과 술.

4월 7일

일요일. 금강원에 올라가는 사람이 인해 같다. 풍산과 산책을 하다가 문화반점에서 술을 마시었다.

4월 8일

태화인쇄소에 표지 원고와 돈 삼만 원 가져다주고 와서 '부일쌀롱' 일 회분을 썼다. R의 산기가 가까워진 모양 같아 얼마나 괴로울까 마음이 아팠다.

4월 9일

낮엔 목욕하고 김호준과 점심을 같이했다. 오후엔 풍산이 문화방송에서 받은 시화 값 만 원을 보내왔으므로 나는 금강원에서 찍은 그의 사진을 보내면서 다음의 시를 꺼서 보냈다.

二十靑年像 스무살 청년의 모습으로
欣欣花間舞 기뻐하며 꽃 사이에서 춤을 추네.

誰唱白嘆曲 누가 백탄곡[8]을 부르랴

乘馬力自生 말을 타니 힘이 절로 생기는 것을.

승마는 바(bar) '승마'를 얹어서 한 말이다.

---

8) 백탄곡은 늙음을 아쉬워하며 한탄하는 노래로 추정.

학교 강의. 춘천교대 학장 최태호 씨가 왔기에 연각과 같이 해운대 송정각에서 술을 마시고 왔다.

학교 강의. 이준승 씨와 해운대에서 점심. 와서 낮잠을 되게 잤다. 을유에서 『신소설전집』을 얻어 본다.

☆ 걱정은 고양이라도 죽인다. 사람에게 가장 해로운 것은 시장이다.
· 영국 속담 ·

☆ 승노 정유 할면서도 피하지 않는 것은 용맹이다.
· 〈左 傳〉

4월 10일

학교 강의. 춘천교대 학장 최태호 씨가 왔기에 연각과 같이 해운대 송정각에서 술을 마시고 왔다.

4월 11일

학교 강의. 이준승 씨와 해운대에서 점심. 와서 낮잠을 되게 잤다. 을유에서 『신소설전집』을 얻어 왔다.

4월 12일

학교 강의. 펜클럽 세미나 관계로 백철, 이헌구, 김수영, 모윤숙 씨 등이 왔기로 극동호텔에 가서 만나고 같이 갈빗집에서 술을 마시고 돌아왔다.

4월 13일

청탑예식장에서 국제펜클럽의 세미나가 있어서 성황, 발표 의제「한국문학의 현실성과 예술성」밤에는 양병식, 유신, 최해군 씨와 술을 마시고 돌아왔다.

4월 14일

아침에 대영극장에서 〈슬픔은 바다를 넘어서〉의 시사회가 있었다. 허창, 정정화, 풍산 등과 오륜대에 가서 놀다가 왔다. R이 아직도 해산을 앓고 있으므로 얼마나 고통이 심할까 하고 매우 걱정이 되었다.

4월 15일

『한국신소설전집』과 이경순 시집 『태양이 미끄러진 빙판』의 서평을 썼다. 낮엔 동래 제일식당에서 점심을 먹고, 합천여중 교장에게 교가 보표 반송하라는 독촉 편지 띄우고. R은 연해 해산을 하지 않고 있어서 불안과 애연한 생각이 계속되고 있었다.

그때에서 부탁 맡은 ...

4월 16일

을유에서 부탁 맡은 『신소설전집』의 광고를 국제신보에 맡기고 동원다방에서 서울서 내려온 김천옥 씨를 만나고 조의홍 씨를 만나 오리온 사장 이호성 씨와 점심을 같이 먹고, 태화에 가서 표지에 들어갈 추천문 원고를 전하고 돌아와 원예교에 가서 최해군 씨와 독서관 주간에 대한 이야기를 해주고 곧 돌아와서는 관광호텔에서 연각, 동래 안 교장, 풍산과 네 사람이 술을 마시었다.

4월 17일

학교 강의. 영화 〈남과 여〉를 볼까 하다가 R이 걱정되어서 집으로 올라왔다. 교육평론사에 원고를 보냈다. 합천여중교에서 사람이 와 교가에 관한 일 사과를 하고 갔다.

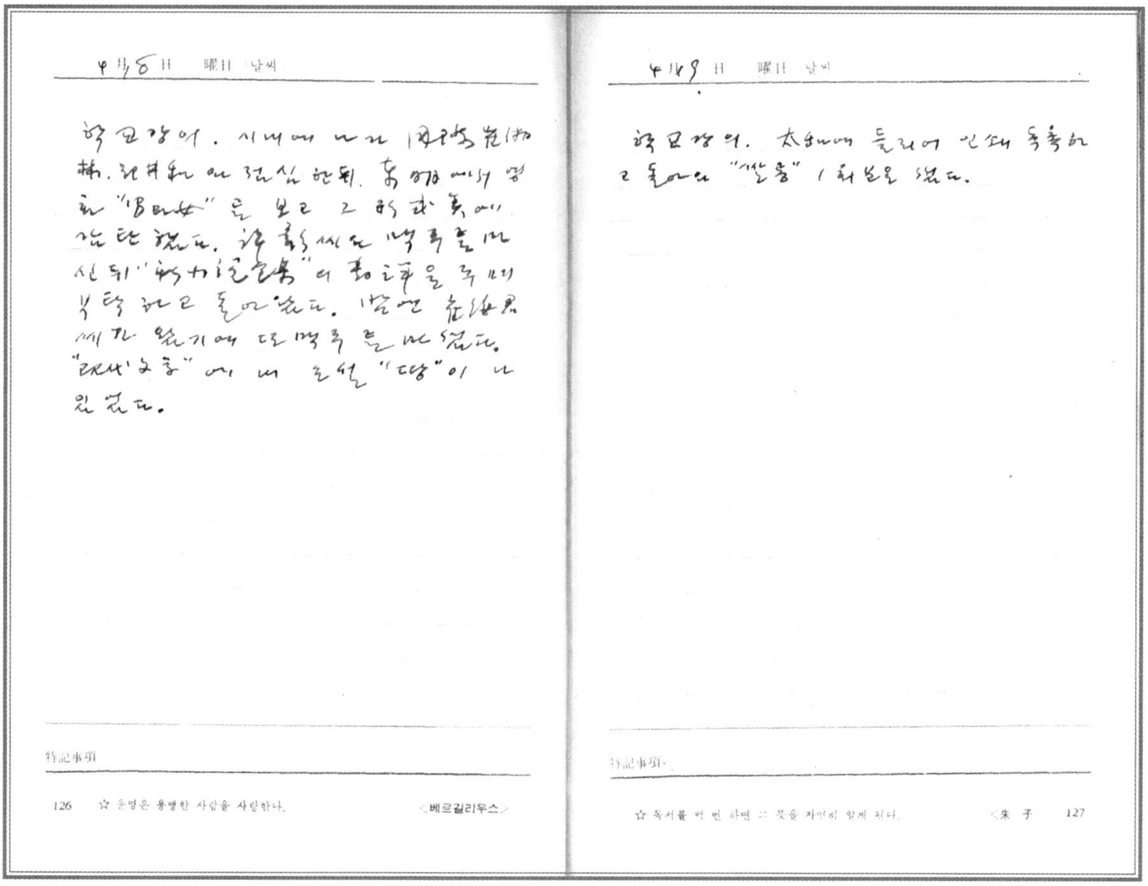
特記事項
126 ☆ 운명은 용맹한 사람을 사랑한다. 〈베르길리우스〉
☆ 독서를 백 번 하면 그 뜻을 자연히 알게 된다. 〈朱子〉 127

4월 18일

학교 강의. 시내에 나가 국제 최상림, 정정화와 점심 한 뒤, 동명에서 영화 〈남과 여〉를 보고 그 형식미에 감탄했다. 허창 씨와 맥주를 마신 뒤 『신소설전집』의 서평을 주며 부탁하고 돌아왔다. 밤엔 최해군 씨가 왔기에 또 맥주를 마셨다. 『현대문학』에 내 소설 「땅」이 나 있었다.

4월 19일

학교 강의. 태화에 들리어 인쇄 독촉하고 돌아와 '쌀롱' 1회분을 썼다.

4월 20일

태화에 선금 2만 원을 주었다. 국제문화부 기자들과 점심 먹고, 이발. 다섯 시에 미국 공보원에서 영화 세미나. 최해군 씨 공전(工專) 교장이 만나자더니 오래 끌던 취직의 건 비로소 안심이 되었다. 밤엔 영평 회원들끼리 술을 마셨다.

4월 21일

일요일, 별로 하는 일 없이 놀다가 오후엔 R과 최해군 씨 댁에 가서 놀고 같이 나와서는 문화반점에서 술을 마셨다. 넷이서.

4월 22일

정태영 학장 이임식이 수대 강당에서 있었다. 현대문학사에서 소설 「땅」의 고료 13,200원이 와 있었다. 태화에 갔다가 돌아와 이상태 군을 만나 점심을 같이하고 왔다.

4월 23일

밤 3시 15분경 R은 배가 이상하다면서 순이를 데리고 민생병원으로 갔다. 몹시 걱정이 되었다. 어쩌면 이렇게 사람이 귀한가 하고 외로웠다. 있던 정숙이마저 어제 저녁때에 자기 집으로 돌아가고 없다. 제발 R이 고통 없이 순산하기를 빌 뿐이다. 간 지 얼마 안 있어 순이가 와 이불을 가지고 갔다. 또 얼마 뒤 순이가 국을 끓이러 왔다. R이 순산을 했다는 것이다. 아아 안심! 뭘 낳았는가는 물을 새가 없었다. 또 그런 필요도 없었다. 단 모자가 건강만 하면, 시계가 바르지 못해서 몇 시 몇 분에 나왔는가는 다음에 물어야 알 밖에 없다. 산후는 괜찮은 모양이다. 순이가 혼자서 밥 짓고 심부름하고 고될 것 같았다. 점심때나 되어서 정숙이가 왔기에 시내에 잠시 내려가서 태화에 들리어 표지 된 것 구경하며 가지고 오고 문화사에 가서 사진을 찾아 왔다. 나 없는 새에 변학규 씨가 명함을 두고 갔다. 들으니까 R은 계집아이를 낳았다고 한다. 처음부터 딸이었으면 해 나온 다음이라 다행이다 싶어야 할 텐데, 한편 사내애를 낳았더라면 하는 생각도 없지 않으니 알 수 없는 건 사람의 마음이라 하겠다.

4월 24일

학교 강의. 박경종 씨에게 고 임인수 씨 묘비 기금 천 원을 우송했다. 아기 먹일 젖이 적다 해 걱정이 되었다. 이상로 씨가 보내준 『세브란스』란 신문에 그가 쓴 수필 「인간, 천당, 지구, 그리고 고독」이란 것이 있는 가운데에 옛날 입원 시절의 간호원을 생각나게 하는 구절이 있었기에 나는 엽서에다 다음의 시를 써서 보냈다.

歡讀世富蘭　기쁘게 『세브란스』를 읽고

感○看護節　간호원 생각나는 그 시절 그리워하네

莫春昔時話　늦은 봄 옛 시절 이야기하니

人生本無蒂　인생은 본래 매인 것이 없다네

　전주의 신석상 씨 왜 『문학시대』 값 안 보내는가 하고 있었더니 책이 닿지 않았다고 한다. 오늘 다시 보내면서 책이 깨끗지 못하니 값을 안 보내도 좋다고 했다.

학교 강의. 집에오니 빨랫줄에 갓난애의 조그마한 저고리가 널려 있어서 귀여운 감동을 주었다. 발랄한 生命感; 새 생명 하나가 이 宇宙間에 생겨 난 것이다. 朴光鎬씨가 동화집 面紙와 扁畵를 우편으로 부쳐 왔다. 밤엔 國際讀者小說의 考選을 했다.

학교 강의. 밤엔 趙義洪 씨가 술을 내어 늦도록 마시다가 돌아왔다. "英雄"을 쓰기 시작 해야 겠느나 이 핑계 저 핑계 안쓰고 큰 일이다. 명주동 꼭대기에 초가집이 있는데 늙은 과부 셋이서 술장사를 하고 있었다. 作婦란 역시 젊고 볼 일이다. 늙은것들이라니 술맛이 떨어졌다.

4월 25일

학교 강의. 집에 오니 빨랫줄에 갓난애의 조그마한 저고리가 널려 있어서 귀여운 감동을 주었다. 발랄한 생명감! 새 생명 하나가 이 우주 간에 생겨난 것이다. 박광호 씨가 동화집 면지와 편화를 우편으로 부쳐 왔다. 밤엔 『국제』 독자소설의 고선을 했다.

4월 26일

학교 강의. 밤엔 조의홍 씨가 술을 내어 늦도록 마시다가 돌아왔다. 『영웅』을 쓰기 시작해야 겠으나 이 핑계 저 핑계 안 쓰고 큰일이다. 명주동 꼭대기에 초가집이 있는데 늙은 과부 셋이서 술장사를 하고 있었다. 작부란 역시 젊고 볼 일이다. 늙은것들이라서 술맛이 떨어졌다.

4월 27일

이발. 태화를 들러서 돌아왔다. R은 몸살이 났다 해서 걱정되었다. 김호준 씨가 문화반점에서 술을 샀다.

4월 28일

대영에서 〈종자돈〉 시사회에 참석, 이내 영평 회원들이 양산 춘추원에 놀이를 하고 놀다가 돌아왔다. R이 좀 아프다 해서 걱정이 되었다.

4월 29일

『부일』에 '쌀롱' 원고 가져다주고, 점심을 풍산과 허창과 같이하고 올라왔다. R이 오늘 퇴원한다 했는데 의사가 서울 갔다 오늘 돌아오니 오는 것 만나보고서 나오겠다고 했으므로 입원한 지 처음으로 병원에 가서 어린애를 보았다. 순간 기쁨의 충동은 어찌할 수 없었다. 의사는 결국 늦게 돌아올 모양이었으므로 여섯 시 반쯤에 퇴원, 집으로 돌아왔다. 어린애는 생후 여러 날이나 된 것같이 컸다. 난 시각은 23일 4시 21분이었다고 한다.

4월 30일

정숙과 현대극장에서 중국영화 〈방랑의 검〉을 보고 풍산, 허창과 점심을 같이 먹었다. '쌀롱' 고료 2,500원 받은 것 가지고서. R과 어린애는 경과가 좋은 모양이다.

5월

Mercury의 어머니인 성장의
신인 Maia의 이름에서 유래

이 달의 人物

케네디 (Kennedy, John Fitzgerald; 1917. 5. 29～1963. 11. 22) 미국의 제35대 대통령. 브루클린 출생. 프린스턴 대학을 거쳐 하아버어드 대학 졸업. 제2차 세계 대전 중 해군 장교로 출전. 말에 훈장을 받음. INS의 통신원, 매사추우세츠 상·하원 의원을 역임. 1961년 대통령에 당선. 저서로는 1956년도의 퓰리처 수상작인 《용기 있는 사람들》 외에 《왜 잉국은 잠잤나》 등이 있음.

1963년 11월 22일 오스왈드에게 암살 당함.

◇豫定◇

---

5 月 1 日　曜日　날씨

학교 강의. 太和에 들렸다가 돌아와 崔海君 씨를 불러 집에서 같이 술을 했다.

雜記事項

☆ 두 사람의 힘은 혼자의 힘보다 강하다.　　　舊約 傳道書　143

5월 1일

학교 강의. 태화에 들렀다가 돌아와 최해군 씨를 불러 집에서 같이 술을 했다.

☆ 정신의 휴식은 쉴림 없는 정신적인 활동 속에서만 얻을 수 있다.
<스타인백>

☆ 기도드리느니보다 열심히 일하라. 마음만 진실하면 기도가 없어도 하늘이
지켜 주나니. <스페인 속담>

5월 2일

아침에 응가를 기념하는 그 이름 모르는 꽃을 세 개로 분발했다. 갓난애는 간밤에는 잘 잤다. 학교 강의. 서울의 이설주 씨 시집출판기념회에 축전.

5월 3일

강의 중지. 양재목 신학장 취임식이 학교에서 있었다. 점심은 조의홍 씨가 내어서 최상림, 정정화와 같이하고. 밤엔 허창, 풍산과 또 술을 마셨다. 앞으론 그런 시간 낭비의 술은 안 해야겠다.

5월 4일

교대에 가서 연각과 점심을 먹고 태화에 가 처음으로 나온 『섬에서 온 아이』를 12책 찾았다. 부산서 된 책으로는 그대로 된 셈이다. 저녁에는 이수관, 최상림, 최해군 씨 등과 술을 마시었다. 계몽사로부터 『서유기』 번역해 달라는 편지가 왔다.

5월 5일

공일, 풍산과 최해군 씨와 셋이서 만덕고개 등산을 하다가 왔다. 태화에서 동화집 책을 보내왔기에 각처에 보내도록 봉투를 썼다. 어린것이 아픈 것 같기에 밤에 온 잠을 잘 수 없었다. 제 날 나아주기를.

5월 6일

젖먹이가 아픈 것 같아서 만사에 정신이 없었다. 의사를 부르러 갔으나 부재중이라 기다리던 끝에 박문하 씨 병원으로 R을 보내 진찰을 받고 약을 먹였다. 조의홍 씨가 윤종근 씨가 읽을 모 씨 기념비 제막식의 축사를 부탁하기에 지어주었다. 밤엔 조의홍, 이종석, 김용○ 씨와 넷이서 술을 마시었다.

5월 7일

이발. 태화에 돈 2만 원 주고 돌아와 있다가 민중병원에 가서 최해군 씨와 술을 마시고 왔다. 젖먹이가 많이 좋아진 것 같아서 마음이 적이 놓였다.

5월 8일

학교 강의, 도중에 이종우 군을 만나 점심을 같이 먹고, 시 교육청에 가서 박만정 씨를 만나 동화집 소화(笑話)에 대한 상의를 했다. 젖먹이는 다시 두 번째로 민중병원에 가서 진찰을 받고 왔다. 그냥 괜찮다는 말이라 얼마간은 마음이 놓였다.

5월 9일

학교 강의. 젖먹이는 조금 그만한 것 같았으나 역시 마음을 놓을 수 없었다. 밤엔『국제』독자소설 선평을 썼다.

5월 10일

학교 강의. 최상림. 김규태와 점심. 풍산, 허창이 밤에 술을 마시자 청했으나 내려가지 않았다.

5월 11일

합천서 봉규가 왔다. 조모님 제사. 젖먹이 역시 설사가 낫지 않아 민중병원에 데리고 갔다가 왔다.

5월 12일

아침에 충렬공 송상현 추념시 한 편을 지었다. 오후 두 시에 있는 추념식에 참례하러 가니 비가 왔기 때문에 다음 날로 연기가 되어 있었다. 봉규 군과 최해군 씨 집에 가서 놀다가 돌아오는 길에 술을 마시었다. 셋이서.

추념시

갑옷 위에 관복 껴입고
단정히 초루에 앉아
죽음을 기다리는 모습
내 마음 안에 있어라
원수일망정 권하는

삶의 길 팽개치고서
무너지는 성 소리를 베개해
흉탄에 눈 감으신 그 얼
내 마음 안에 있어라

아아. 살고도 죽는 이치를
가르쳐 주신 그 님
죽고도 사는 이치를
가르쳐 주신 그 님의 큰 덕
동녘이 까맣도록 밀려온
원수의 흙발을
내 울 안에 들여놓게 한 자가
누구이러뇨
오히려 원수보다도 더 가증한
동인 서인의 호작질이여
조국의 하늘에
영세의 치욕을 생채기 지은
권욕의 분열주의자들

간과를 내던지고서
쥐 같은 목숨 하나 아껴
전우를 버리고 도망친
빈자리에 남아
이름 없는 용사들과
싸워 숨진
이 충렬의 넋 앞에 엎디옵노라
이름도 충렬, 충렬공 그 님께서
여신
태양의 길목에 서서

이름 없는 꽃초들과
싸워 남진
이 ○○의 ○○에 ○다○○○라
이름도 ○○로. ○○○ 그 님께서
여신
太○○의 길 속에 서서
나라 지켜 가는 사람 되라
올해의 오늘도 당신을 그리며
저희들 고개 숙여 섬기옵노라.
니다

나라 지켜 바른 사람 되라
올해의 오늘도 당신을 그리며
저희들 고개 숙여 섬기옵노라.
　　　　　　　니다

5월 13일

봉규 군을 중간까지 바래다주고, 계몽사에 가서 원고료 중으로서 받는 돈 일만 원 받고, 을유에 가서 노무현 군 만나 이야기하고 돌아와 동래여중 운동장에서 있은 송상현 추념식에 시를 읽고, 돌아오는 길엔 이종률, 임호, 유신 씨 등과 막걸리를 마시고 다시 일행이 금강원으로 가 술을 마시다가 돌아왔다.

☆ 옳은 일을 권하는 것은 친구의 도리나.   · 孟 子 ·   158

☆ 친구의 비밀은 아는 것이 좋으나 그것을 입 밖에 내서는 안 된다.   159
· 또이지 묵담 ·

5월 14일

낮엔 교대 부국(附國) 교장을 청해 동래 제일식당에서 연각과 점심을 같이하고 밤엔 유장에서 연각이 내는 술을 허창 씨 등과 같이했다.

5월 15일

수대 개교기념일. 순이를 따라 시장을 한 바퀴 돌다가 왔다. 이야기를 들으니 공전(工專)에 부탁해놓고 있는 최해군 씨의 취직이 인사위원회에서 부결되었다 한다. 실망이 이만저만 아니다.

（手書き）

（手書き）

5월 16일

국제신보에서 〈독자 릴레이소설〉 좌담회가 있었다. 김정한 씨와 각 입선자 약간 명과 저녁엔 풍산도 우리 집에 와서 최해군을 위로하는 술을 마시고 놀았다. 『서유기』 번역 시작. 겨우 두 장 쓰고 시내로 갔었다.

5월 17일

『서유기』 번역 50매 썼다. R 없는 사이 생후 25일 만에 처음으로 젖먹이의 사진을 찍어 봤다.

현대극장에 가서 "연인의 창문"을 보고 감격했다. 오래 간만에 종일 비가 왔다. 오늘은 번역 40매.

번역 40매. 낮엔 최해군 씨와 금강원 산책, 막걸리를 마시고.

5월 18일

현대극장에 가서 〈연인의 창문〉을 보고 좋은 영화로서 감격했다. 오래간만에 종일 비가 왔다. 오늘은 번역 40매.

5월 19일

번역 40매. 낮엔 최해군 씨와 금강원 산책. 막걸리를 마시고.

[handwritten diary text]

5월 20일

학교 시험 감독. 진주민방에서 사가 심사위원장으로 모셨으니 진주에 와 달라는 부탁. 대한도서에 가서 『섬에서 온 아이』 서울 도매 부탁. 밤에는 배정 시화전 보고 나서 이상태, 허창과 술을 마시고 돌아왔다.

5월 21일

KU[9]에 있는 김상만 씨와 기차로 진주행. 지저분하고 느린 차. 진주에서는 촉석루, 남강 등 구경, 밤에는 고단해서 일찍 잤다. 최재호 씨 밤에 여관으로 왔었다고 하나 내가 잤기 때문에 그냥 돌아갔다고 한다.

---

9) 부산문화방송.

심사결과 비점 강흥식이 가작入選
비빔밥이란 걸 점심때 먹었으나
옛날식과는 다른것 같았다. 1시50
분 하는 통싸까지汽車로와고. 마산에서는
조두남氏 부인이 내는 맥주를 마신
뒤 김相만氏와 돌아왔다.

국제신보 최상림. 정화. 하양. 규태
군과같이 점심. 집에와서 번역원고
쓰다가 최해군씨와 금강원 술
부탁해집에가 마시고 왔다. 좋은 술.

5월 22일

　심사 결과 산청 강홍식이 가작 입선. 비빔밥이란 걸 점심때 먹었으나 옛날식과는 다른 것 같았다. 1시 50분 차로 마산까지 기차로 오고, 마산에서는 조두남 씨 부인이 내는 맥주를 마신 뒤 김상만 씨와 돌아왔다.

5월 23일

　국제신보 최상림, 정화, 하 양, 규태 군과 같이 점심. 집에 와서 번역원고 쓰다가 최해군 씨와 금강원 술 부탁해 집에 가 마시고 왔다. 좋은 술.

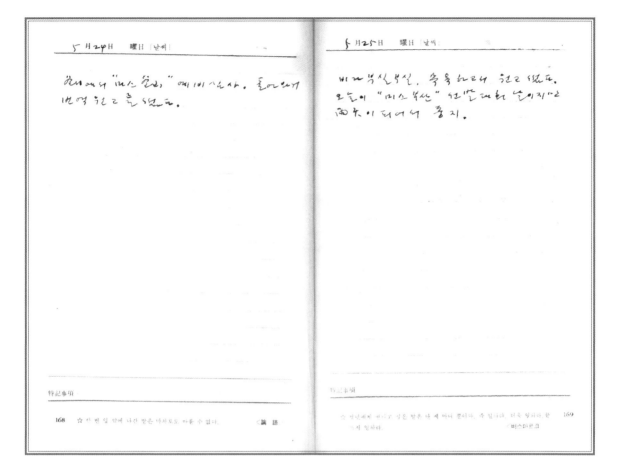

5월 24일

부일에서 〈미스 부산〉 예비심사. 돌아와서 번역원고를 썼다.

5월 25일

비가 부실부실. 목욕하고서 원고 썼다. 오늘이 〈미스 부산〉 선발대회 날이지만 우천이 되어서 중지.

5월 26일

수대생들이 응모한 학보사 주최 해양문학 소설 원고를 심사했다. 두 편은 놀랄 만큼 좋은 작품이었다. 밤엔 그라운드에서 열리는 〈미스 부산〉의 심사. 돌아오는 길엔 유현목, 김수용 감독, 허창 등 여러 사람과 술을 잠시 마시다 왔다. 금년 미스 부산도 시시하다.

5월 27일

미국 공보원에서 열리고 있는 수대 미전에 가 보고 왔다. 번역원고 쓰고, 밤엔 박문하 씨와 저녁을 같이 할까 하고 기다렸으나 시내에 갔다 해 실현하지 못했다.

5월 28일

최상림 씨가 다시 편집부장으로 발령이 났기에 점심때 점심을 같이했다. 문화부에서 크게 활약을 하더니 섭섭한 일이었다. 안영호 씨를 만나 늦도록 술을 마시고 돌아왔다.

5월 29일

어제 술을 너무 많이 마셨던 관계로 학교를 쉬지 않을 수가 없었다. 『현대문학』에서 요산의 「곰」과 이봉구의 「허망한 배회」를 읽었다. 「곰」은 기대했던 것보다 못했다. 주제가 선명하질 못했다. 번역원고 쓰고, R은 어린것 업고 영숙이와 남천엘 갔다. 혼자서 잤다.

5월 30일

학교 강의. R은 돌아오지 않아 혼자서 잤다.

5월 31일

학교 강의. R이 돌아왔다. 번역원고 쓰는데 정화 군이 왔기에 나중에 오는 진순과 놀다가 같이 저녁을 먹었다.

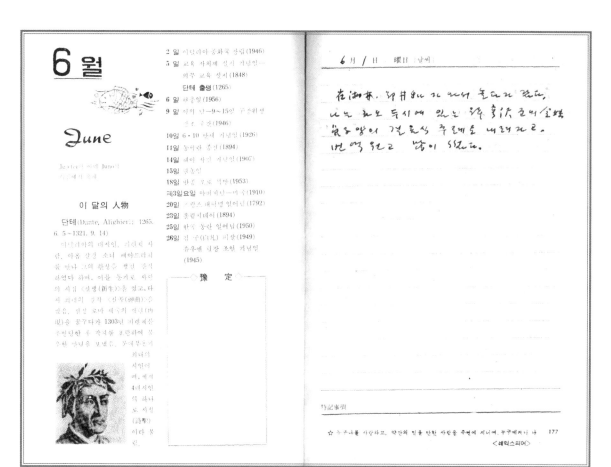

6월 1일

최상림, 정정화가 와서 놀다가 갔다. 나는 하오 두 시에 있는 허형택 군의 영매 정자 양의 결혼식 주례로 내려가고. 번역원고 많이 썼다.

6월 2일

최해갑 군이 놀러 왔다가 갔다. 종일 번역원고 씀. 저녁나절엔 최해군 씨와 박문하 씨 댁에 가서 늦도록 술을 마시고 돌아왔다.

6월 3일

원고 집필. R은 어린애 업고 남천에 갔다. 저녁나절에 시내 내려갔다가 최상림 씨를 만나 술을 대음. 집에 오니 선화가 잠이 깊어 아무래도 문을 열어 주지 않기 때문에 하는 수 없이 벽구관 여관에 가서 잤다.

6월 4일

최상림 씨의 전직 관계 상의하려고 부일에 가서 추연근 씨를 만났다. 사장이 일본서 오는 대로 상의해 보겠다고 했다. R이 저녁나절에 돌아왔다. 머리를 잘라 다른 형으로 고쳤는데 눈에 서툴렀다.

6월 5일

학교 강의. 오후엔 국제신보에 가서 요산, 종출 씨 등과 함께 『국제』 어린이문학콩쿨 작품 심사를 하고 돌아왔다. R은 돌아오지 않음. 로버트 케네디가 저격당했다는 외신. 놀라운 일이었다.

원고를 썼다. 케네디는 결국 운명했다는 소식. 슬픈 일이다. 충격이 컸다.

학교 강의. 번역원고. R이 볼일을 보러 외출하고 없는 사이. 아기는 혼자서 잘 놀고 있었다.

特記事項

特記事項

☆ 보 하여금 성만보나 사랑의 사슬 아래 최대로운 복면에 있게 하라.
<호라티우스>

☆ 질서가 있을 뿐 아니라 그것을 사랑하라.
<니이체>   183

6월 6일

원고를 썼다. 케네디는 결국 운명했다는 소식. 슬픈 일이다. 충격이 컸다.

6월 7일

학교 강의. 번역원고. R이 볼일을 보러 외출하고 없는 사이. 아기는 혼자서 잘 놀고 있었다.

원고 쓰다가 내려가 이발. 태화에 들려 제책 부탁하고 올라왔다. R은 남천에 갔다. 정자의 결혼 준비. 밤엔 술 생각이 나기에 최해군 씨 불러 같이 마셨다.

신신예식장에서 정자의 결혼식이 있었다. 그만하면 됐다고 생각된 신랑, 돌아와 원고를 썼다.

☆ 돌군 말같도 자르기에 따라 네모로 난다. 말도 하기에 따라 모가 난다.
〈외국 속담〉

☆ 부드러운 대답은 분함을 멎게 하고 격렬한 말은 노여움을 일으킨다.
〈舊約聖書〉

6월 8일

원고 쓰다가 내려가 이발. 태화에 들려 제책 부탁하고 올라왔다. R은 남천에 갔다. 정자의 결혼 준비. 밤엔 술 생각이 나기에 최해군 씨 불러 같이 마셨다.

6월 9일

신신예식장에서 정자의 결혼식이 있었다. 그만하면 됐다고 생각된 신랑, 돌아와 원고를 썼다.

6월 10일

번역원고 쓰다가 정숙이와 책을 싣고 성북국민교에 갖다주고 돌아왔다. 정숙인 또 온천국민학교에도 갖다주고. 밤엔 김호준 씨와 술을 마시고 돌아오니 R이 와있었다. 귀여운 어린 것!

6월 11일

번역원고 씀. 서울에 있는 아동문학 친구들에게 『섬에서 온 아이』 십여 군데를 보냈다.

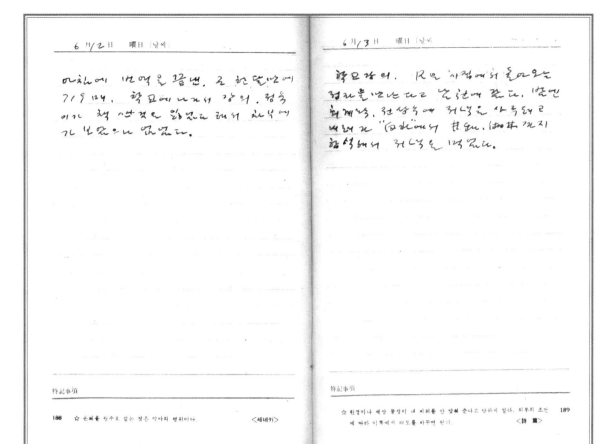

6월 12일

아침에 번역을 끝냄. 근 한 달 만에 719매. 학교에 나가서 강의. 정숙이가 책 싼 것을 잃었다 해서 차부(車部)에 가 보았으나 없었다.

6월 13일

학교 강의. R은 시집에서 돌아오는 정자를 만난다고 남천에 갔다. 밤엔 최계락, 전상수에 저녁을 사주려고 내려가 '백수'에서 정화, 상림까지 합석해서 저녁을 먹었다.

特記事項

特記事項

6월 14일

학교에서 '심포지엄'이 있다 해 학교엔 안 갔다. 「톡톡 할아버지」 30장을 씀.

6월 15일

아침 열 시 차로 상경, 역에 이원수 씨가 나왔기로 바로 계몽사에 가서 원고 건네고, 을유에 들리었다가 밤엔 안춘근, 이원수 씨와 맥주를 마시었다.

(handwritten diary text)

☆ 말이 많을수록 내용은 점점 허(虛)해진다.　蕭約(傳道書)

☆ 자신을 갖는다는 것은 큰 계획을 하는데 있어서 첫째 요건이 된다.　<존 손>

6월 16일

일요일, 여관에 장수철, 박우종이 온다고 했는데 기다려도 안 왔다. 이춘수, 이문희가 왔기로 나중에 만나진 이원수, 박순녀 씨 등과 세검정에 가서 놀다 돌아왔다. 밤에 이호철에게 전화하니 김수영 씨가 차 사고로 급서했다고 했다.

6월 17일

여관으로 이경선 씨, 장호 씨, 박홍근 씨 등이 찾아왔다. 나중엔 이호철, 남정현 씨 등도, 오전엔 현대문학사, 창조사, 배영사에 들렀다 박홍근 씨와 점심을 같이 했다. 저녁땐 김영일, 장수철, 이원수 씨들과 술.

6월 18일

아침 차로 하부. 다행히 어린애는 몸이 성해 있었다. 오늘이 내 생일이라 해 R은 정성을 다해 음식을 마련하고 있었다. 박문하, 최해군 씨를 오게 해 같이 술을 마셨다. 야로의 칠촌 숙부님이 별세하셨다는 소식.

6월 19일

학교 강의, 합천으로 전화 조회했더니 숙부님의 장례는 19일, 삼우는 21일이라 하니 내일 가서 자고 삼우나 볼 예정을 했다.

학교 강의 마치고, 오후 2시 반 맹호호로 대구행, 그길로 야로에 갔다. 숙부님의 산소는 바로 집 근처에 있었다. 재갑의 집에서 잤다. 정갑이 있어서 덜 심심했다.

숙부님의 삼우제. 제를 마치고서 정갑과 해인사에 갔다. 관광객들은 거의 없었다. 홍도여관에서 점심 대접을 받고 내려와 사천여관에 들른 후 마침 돌아가는 길의 값싼 택시가 있기에 대구까지 싸게 왔다. 밤에 집으로 돌아왔다.

6월 22일

음력 유월 일일이 정갑의 진갑이란 소리를 들어 돈 이천 원을 우편으로 보냈다. 유네스코 회의에 참석. 눌원문화상을 내게로 주게 됐다는 말을 최계락 군으로부터 들었다. 유쾌하지 못했다. 거절할 생각이었으나 계락이 군이 번의(翻意)를 촉구하고. 문학의 공적으로서가 아니라.『문학시대』에 대한 공적으로 받는 거면 어떠냐는 말에 그런 조건이라면 받아도 무방하겠다는 말을 했다. 밤엔 집에서 최해군 씨와 술을 마셨다. 김재문 씨가 만나자는 건 만나주지를 않았다.

6월 23일

일요일. 박문하 씨 집에 내려가서 데포주사[10]를 맞았다. 연각과 최해군이 놀러 왔기에 문

---

10)　depot injection. 호르몬 주사로 추정.

화반점에 가서 점심을 같이했다. 또 오후에는 창균이 새로 만났다는 여자를 데리고 와서 놀다가 갔다. 별로 좋아 보이지도 안 좋아 보이지도 않았다. 하도 원영 모에게 데이고 난 다음이라 두고 보자는 생각부터 먼저 났다.

6월 24일

풍산, 한남석 씨와 셋이서 이윤근 교육감에서 유네스코 지부장 된 것을 통고하고 점심을 같이한 뒤 동원다방에서 눌원상 관계의 우신출 씨를 만나 수상한다는 말을 확답하고 돌아왔다. 도쿄 가네코 노보루 씨에게 보낼 벼루집 하조(荷造)를 했다.

6월 25일

태화에 삼만 원 줌. 밤엔 풍산이 관광호텔에서 술을 내서 연각, 동고 정 교장, 최해군 씨 등과 술을 마시었다.

학교 강의, 박광호씨의 병이 대단하단
소릴 들었기로 돈 오천원을 보냈다. 동화
를 계속해 쓰기로 시작했다.

학교 강의, 최상림씨가 점심을 내어
같이 밥을 먹고 돌아와 동화 계속하
씀, 박광호씨는 조금 좋아진 모
양이라, 다행이 없다, 밤엔 국제
연작소설 고선을 했다.

特記事項

特記事項

202 ☆ 우애를 모르는 지식을 갖는다는 것은 독사의 이빨보다 더 아프다.
〈셰익스피어〉

☆ 사랑으로서 공부를 못하여 고급의 도리를 알지 못하면 소나 말에 의복을   203
입힌 거나 다름이 없다.   〈健愈〉

6월 26일

학교 강의. 박광호 씨의 병이 대단하단 소릴 들었기로 돈 오천 원을 보냈다. 동화를 계속해
쓰기 시작했다.

6월 27일

학교 강의. 최상림 씨가 점심을 내어 같이 먹고 집에 돌아와 동화 계속해 씀. 박광호 씨는
조금 좋아진 모양이라 다행이었다. 밤엔 『국제』 연작소설 고선을 했다.

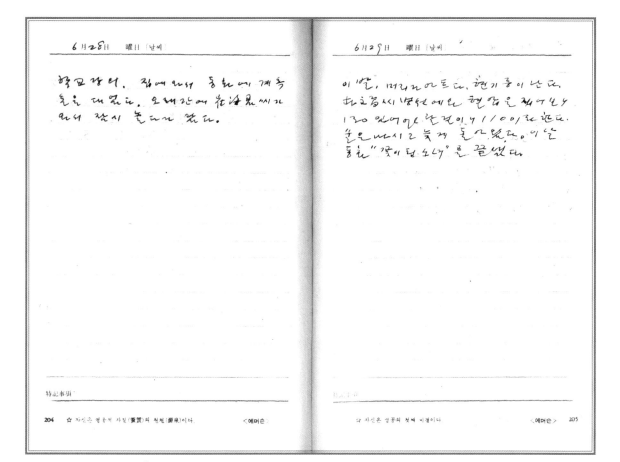

6월 28일

학교 강의. 집에 와서 동화에 계속 손을 대었다. 오래간만에 최해군 씨가 와서 잠시 놀다가
갔다.

6월 29일

이발, 머리가 아프다. 현기증이 난다. 박문하 씨 병원에 와 혈압을 재어보니 130 있어야 할
것이나 110이라 한다. 술은 마시고 늦게 돌아왔다. 이날 동화「꽃이 된 소녀」를 끝냈다.

아침에 大映劇場에 있는 "금수강산"의 시사회. 崔海軍 씨와 같이 갔다와 시험 (중간)을 꼬누었다. 밤에 R이 돌아옴. 11시 10분에 있는 KU에서 하는 "섬에 온 아이" 방송을 들었다. 각색이 개악, 시원찮었으나. 며느리 역 나온 秀逸.

☆ 교육을 바지 못한진대 차라리 이 세상에 안 태어나니만 못하다. 왜나하면 무식은 불행의 근원이기 때문에.
＜플라톤＞

☆ 근심은 인생의 원수이다.
＜쎄익스피어＞ 207

6월 30일

아침에 대영극장에서 있는 〈금수강산〉의 시사회. 최해군 씨와 같이 갔다가 올라와 시험 (중간)을 꼬누었다. 밤에 R이 돌아옴.

11시 10분에 있는 KU에서 하는 〈섬에서 온 아이〉 방송을 들었다. 각색이 개악, 시원찮았으나, 며느리 역만은 수일(秀逸).

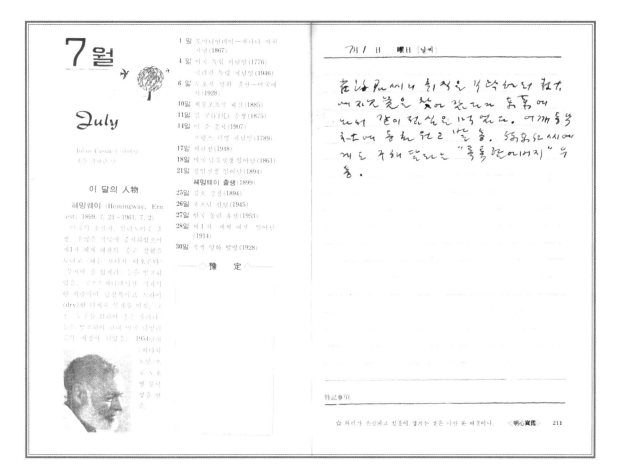

7월

July

7월 1일

최해군 씨의 취직을 부탁하러 교대에 연각을 찾아갔다가 동래에 와서 같이 점심을 먹었다. 어깨동무사에 동화원고 발송. 손동인 씨에게도 구해달라는 「톡톡 할아버지」 우송.

(handwritten diary text)

7월 2일

최계락, 안영호, 전상수와 같이 점심, 을유에 가서 『아동문학독본』 찾고, 『홍루몽』 제사 권 교정 보고 계락 군에게 최해군 씨의 취직 알선 부탁.

7월 3일

강의는 오늘로 종강, 시내에 나와 허창 씨가 산 점심을 먹고 올라와 『홍루몽』 교정을 봤다. 김수용 씨에게 시나리오 「피리 부는 소년」을 우송하고.

7월 4일

목욕, 이발, 종일 교정 봄. 오늘이 응가의 생일, 그날은 몹시 더웠었다. 아기가 나올 줄은 모르고서 나는 아침에 구우학 씨와 산에 산보를 갔다가 돌아오는 길에 구 씨를 집에까지 데려와 아침밥 전인데도 딸기술(포도주?)을 마셨다. 그러자 얼마 뒤에 R이 혼자서 민생병원으로 걸어가, 혼자서 고생하다가 응가를 낳았다. 응가야! 너의 지하의 명복을 빈다. 너의 동생 은아는 너의 가호를 입어 오늘도 잘 놀고 있다. 밤엔 술을 받아와 최해군 씨를 청했으나 연락이 잘 되질 않았다. 저녁 밥상을 받고 R과 둘이서 술을 마셨다. 내일 수상 후, 친구들에게 어떻게 할까를 의논해가면서.

7월 5일

학교 강의. 오래간만에 비가 내렸다. 청탑예식장에서 눌원문화상 시상식이 있었다. 내빈 다수, 축사에 시장, 도지사, 예총 등. 이어서 간단한 파티가 있었다. 마치고 난 다음엔 허창,

해군, 계락, 유신, 제위들과 '여왕', '원호'에서 술을 마셨다. 상금 10만 원. 황산, 교육감, 라이온스클럽, 예총 등에서 기념품이 오고, 수대 학생들이 꽃목걸이를 걸어주었다.

7월 6일

종일 교정, 남성에서 문집 표지를 그려 달라기에 시내에 갔다가 김상련, 최계락 군과 술을 마셨다. R은 남천행. 혼자서 잤다.

7월 7일

아침에 대영에서 〈무숙자〉 시사회를 보았다. 내용이며 형식이며 로케며 꼭 한국판 텍사스 서부극이다. 박문하, 최해군 씨 부인들에게 눌원상 탄 한턱을 내겠다 약속한 게 있었으므로 박 씨 부처, 최 씨 부처와 우리 내외가 함께 오륜대에 가서 닭을 잡아먹고 놀다가 돌아와서 문화반점에 와 저녁을 먹고 헤어졌다.

종일 교정, R은 몸살이 났다. 연일 수고를 했던 탓인 듯. 해거름엔 菊花를 곳곳에 옮겨 심었다.

太和에 계산할 마지막 돈 二万원을 주고, 秋社長이 내는 점심을 먹고 돌아왔다. 와서 교정, 저녁나절엔 許昶과 具孃 두 분이 왔기에 집에서 술을 마셨다.

218　☆ 천지간에 나 홀로 있고 오직 양으로 알라. 하늘을 스승으로 삼고 신명(神明)을 벗으로 삼는다면, 믿음 믿고 단에게 외뢰하는 마음이 없어지리라.
〈中江藤樹〉

☆ 오늘 할 일을 내일로 미루지 말라. 생각났을 때 곧 하라. 되아지고 마침 먹은 그 순간이 당신에게 돌아올 뿐이다.
「프랭클린」　219

7월 8일

종일 교정, R은 몸살이 났다. 연일 수고를 했던 탓인 듯. 해거름엔 국화를 곳곳에 옮겨 심었다.

7월 9일

태화에 계산할 마지막 돈 이만 원을 주고, 추 사장이 내는 점심을 먹고 돌아왔다. 와서 교정, 저녁나절엔 허창과 구 양 두 분이 왔기에 집에서 술을 마셨다.

학교.강의 마치고, R과 현대'
극장에 가서 "大冒險"을 봤다.

교정, 南成국민교 文集 표지 그리
고, 저녁나절엔 최상림, 하양
이 왔기에 집에서 술을 마셨다.

7월 10일

학교 강의 마치고, R과 현대극장에 가서 〈대모험〉을 봤다.

7월 11일

교정, 남성국민교 문집 표지 그리고, 저녁나절엔 최상림, 하 양이 왔기에 집에서 술을 마셨다.

학교에서 시험. 시내에 나가 이발.
돌아와서 몸이 너무 고단하기로 쉬었
다.

아침에 서울 元秀 씨에 전화.
下午에 西窓의 開運中學으로가서
作文에 관한 講義를 한시간 해주고
왔다. 南川에서 한머니가 오셨다.

7월 12일

학교에서 시험, 시내에 나가 이발, 돌아와서 몸이 너무 고단하기로 쉬었다.

7월 13일

아침에 서울 원수 씨에 전화, 하오에 서창의 개운중학으로 가서 작문에 관한 강의를 한 시간 해주고 왔다. 남천에서 할머니가 오셨다.

(한자·한글 혼용 필기 일기 원문)

特記事項

☆ ㅋㅋ는지 제 복음을 구원하고자 ㅎ면 잃을 것이요. 누구든지 제 복음을 나
이면 찾으리라.　　　　　　　　　　　　　　〈新約 마태〉

特記事項

☆ 아무도 죽음을 물리칠 힘은 없다. 하지만, 닥쳐오는 죽음 앞에 태연자약하
ㄴ 사람은 죽음보다 강한 사람이다　　　　　　　〈튀케르트〉　　

7월 14일

종일 교정, 낮엔 동래에 내려가서 우하와 개장을 먹었다. 오래간만의 개장이었지만 별로 좋지도 언짢지도 않았다. 저녁에는 최해군 씨와 적십자병원에 가서 이동하 씨를 위문했다.

7월 15일

낮에 이종석 씨를 만나 남성 어린이 문집의 표지를 건네주고, 김상련, 최계락, 전상수 양과 같이 점심을 먹었다. 저녁나절엔 최해갑 군이 와서 수필집 내는 일에 대해 상의를 하다가 갔다. 제목은 『꿈과 구름과의 대화』로 하기로 하고.

7월 16일

학교에 나가서 『섬에서 온 아이』 사준 각 국민학교 교장에게 띄울 예장을 프린트했다. 낮에는 상공회의소에 가 강석진 씨 부당 묘비문을 보아주고 밤엔 시내에 내려가서 강남주 군과 권 모 군이 내는 술을 마셨다. 낮엔 R이 『홍루몽』 교정본 것 을유문화사에 우송하고.

7월 17일

각 교장들에게 편지를 띄웠다.

『교육평론』 원고 17매 썼다. 할머니가 남천으로 돌아가시는데 R도 따라갔다.

7월 18일

최해갑 군의 수필집 『꿈과 구름과의 대화』 표지와 편화를 그리고 전상수 양에게 줄 〈여인상〉을 그리고, 최 군의 책에 줄 서문을 썼다. 저녁엔 이수익 군이 만나자 해 동원다방으로 갔다가 최해갑, 이와 같이 돌아다니며 맥주를 마셨다.

7월 19일

『국제』 릴레이소설 고선 결과의 평과 작품을 전화로 받아쓰게 해주었다. 『부산일보』에 줄 수필 몇 장을 쓰다 두고. 안날에도 이경순 씨가 편지를 했더니 또 최재호 씨가 『경남일보』에 연재소설을 써 달란 부탁이 왔다. 무얼 쓸까 망설여졌다. 을유에선 『홍루몽』 제오 권의 교정이 내려오고.

학교에 나가 채점표 주고 돌아왔다. 『부일』
에 줄 수필 "원시의 욕녀" 를 썼다.
야로의 재갑군이 밤에 늦게 찾아왔
다가 잤다.

진주 최재호가 왔기로 동화반점에서
술을 마시었다. 연재소설을 써주기
로 하고.

☆ 우리는 어떠한 지배자 밑에도 있지 않다. 각기 정신의 지배하에 있다. 긴지
힘으로 하라 !
〈세네카〉

☆ 서로 묻고 받아 두기만 할 때 나무 조각과 다를 것이 없다.
〈경국 촉담〉

7月22日 曜日 [날씨]

교정, 두메와 같이 도청에 있는
나진석 씨 한테 가서 "林花鄭延"
빌려기를 마/했다. 요산 ㅣ ㅉㅎ을
요산 ㅏ ㅅㅣㄴ 데 죄ㅓ으 갔ㅗ.

特記事項

232   ☆ 힘찬 덕은 고통과 위험을 양식으로 삼는다.   〈세네카〉

7月23日 曜日 [날씨]

ㅏ치에 요ㅣ ㅏㅂ의 ㅏ인ㅓ제 에 참석,
도에 갔으나 나진석 ㄸㄱ ㅏ 나오지
ㅇㅑㅇㅇㅓ서 허행했다. 책은 온99로
ㅇㅏ 빌ㄹㅓ 준다는 일. ㄱㅏ ㅏㅎ이 생각해
ㅂㅓ 나 ㅏㅏㅏ을 ㅏㅣ심하는 것 같아서
ㄱ허이 나 나ㅆ다.

特記事項

☆ 당신은 제2의 인생을 찾아야 한다.   〈빌리·그래엄〉   233

7월 22일

교정, 두메와 같이 도청에 있는 나진석 씨한테 가서 『임화정연』 빌리기로 말했다. 요산의 자당 돌아가신 데 조문을 가고.

7월 23일

아침에 요산 모당 발인제에 참석, 도에 갔으나 나진석 씨가 나오지 않아서 허행했다. 책을 전질로 안 빌려준다는 일. 가만히 생각해 보니 사람을 불신하는 것 같아서 기분이 나빴다.

7월 24일

아침에 서울 안춘근 씨한테 전화해 『임화정연』 빌리기로 했다. 첫말에 보내준다니 나 씨와 는 대조적이다. 종일 교정, 밤엔 동성다방에 있는 추창영 시집 출판기념회에 가고, 풍산, 허 창, 계락과 술을 마셨다.

7월 25일

태화에 『섬에서 온 아이』 조판비 4,800원 가져다주고 와, 동화 「살찐이 이야기」를 시작했 다.

낮에 許昌 씨를 만나 영화책 한권
쓰기를 권했다. 동화 "쌀찐이"와
"쫓겨온 쌀찐이" 37매를 다 썼다.

"가톨릭少年" 에 원고를 보내고 雨荷
병원에 가서 데포주사 맞고 점심먹고
와서 이발, 내일 아침 海印寺떠나
난 준비를 했다.

7월 26일

낮에 허창 씨를 만나 영화책 한 권 쓰기를 권했다. 동화 쌀찐이물 「쫓겨온 쌀찐이」 37매를
다 썼다.

7월 27일

『가톨릭소년』에 원고를 보내고 우하 병원에 가서 데포주사 맞고 점심 먹고 와서 이발, 내일
아침 해인사 떠날 준비를 했다.

이츰 비둘기호로 大邱로 해人海에 가 있었다. 그동안 紅樓夢 남은 校正
보고, 南愛가 우송해준 "林花鄭延"으로 "경남일보"에 연재 할 소설 을
썼다. 그동안엔 南愛도 왔다가 黔敝도 와서 배 내려오는 날까지
그대로 머물러 있었다. 黔敝와는 심심치 않게 매일 술을 마시고
지냈다. 내가 올 무렵인 黔敝의 비 靑山 여史도 왔고. 그러나 있는
동안 은아가 보고 싶어서 견딜 수가 없었다. 15日에 내려간다 하다가
그 하루도 더 참을수가 없어서, 14 日 날 내려오고 말았다. 이동안
에 崔海群 씨도 이틀 있다가 왔다.

大雨. 비를 맞으며 學교에 가 월급 타고 許敞씨를 만나 점심 먹고, 다
시 朴光浩 씨를 만나 (紅島旅館 廣告
原稿를 맡기고 왔다.

7월 28일

아침 비둘기호로 대구로 가 해인사에 가 있었다. 그동안『홍루몽』남은 교정 보고, 남애가 우송해준『임화정연』으로『경남일보』에 연재할 소설을 썼다. 그동안엔 남애도 왔다 가고 검여도 와서 내가 내려오는 날까지 그대로 머물러 있었다. 검여와는 심심치 않게 매일 술을 마시고 지냈다. 내가 올 무렵엔 검여 부인인 청산 여사도 왔고. 그러나 있는 동안 은아가 보고 싶어서 견딜 수가 없었다. 15일에 내려간다 하다가 그 하루도 더 참을 수가 없어서 14일 날 내려오고 말았다. 이 동안에 최해군 씨도 이틀 있다가 왔다.

8월 16일

대우. 비를 맞으며 학교에 가 월급 타고 허창 씨를 만나 점심 먹고, 다시 박광호 씨를 만나 홍도여관 광고 원고를 맡기고 왔다.

8월

August

로마 황제 Augustus의
신년 탄

이 달의 人物

니이체 (Nietzsche, Friedrich
wilhelm; 1844. 10. 15~1900. 8.
25)

니이체의 철학가, 시인. 처음
고대 그리이스를, 뒤에 쇼오펜하
우에르, 바그너를 연구, 종래의
사상과 가치를 부정하고, 생(生)
을 긍비하여 초인 사상(超人思想)
을 주창, 날카로운 역설(逆說)로
서 문명 비평을 전하였음. 모불
(慕佛) 만년에 폐결핵과 척수통과
안질로 고생, 지적인 마비증으로
발광하여 45세로 죽음. 서사시

───◆ 豫　定 ◆───

8月 17日　曜日 [날씨]

文協에 會費 千圓과 "新文學60年代表作全集"에 넣을 童話를 指定해두고 略歷과 寫真을 보냈다. 弘道旅館에 돈 보내고, ─一朝閣에 "國學圖鑑" 代金 보냈다. 내일 부터는 "旅情萬里"를 繼續해 써야겠는데. 아침에는 東明劇場의 試寫會가 있고, 밤엔 또 日本 유네스코 사람 들 招待하는 宴會가 있다 한다.

特記事項

☆ 그 그늘 밑에 선 일이 있는 나무는 자르지 말라. 정든 나무의 은혜가 있지　245
않느냐.　　　　　　　　　　　　　　　　　　　　　　　〈아라비아 속담〉

8월 17일

　문협에 회비 천 원과『신문학60년대표작전집』에 넣을 동화를 지정해두고 약력과 사진을 보냈다. 홍도여관에 돈 보내고, 일조각에『국학도감』대금 보냈다. 내일부터는『여정만리』를 계속해 써야겠는데, 아침에는 동명극장의 시사회가 있고, 밤엔 또 일본 유네스코 사람들 초대하는 연회가 있다 한다.

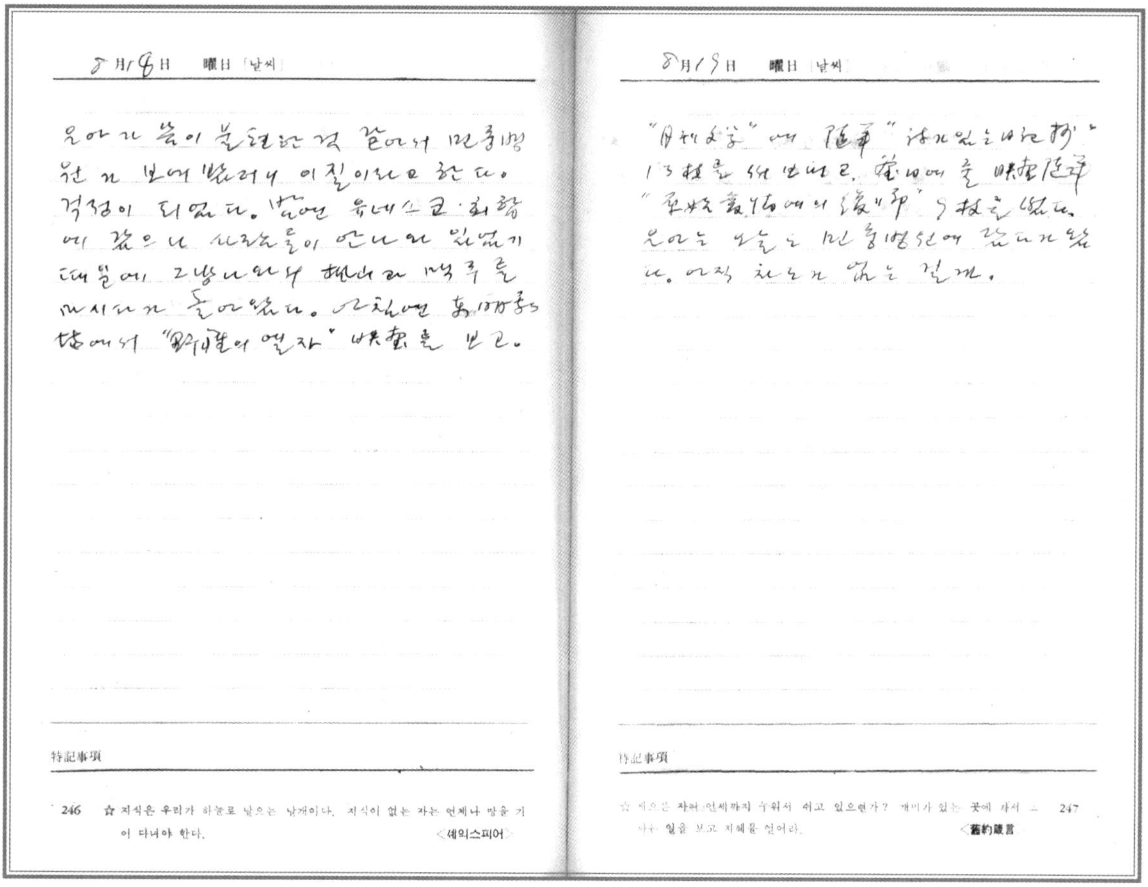

(handwritten diary text)

☆ 지식은 우리가 하늘로 날으는 날개이다. 지식이 없는 자는 언제나 땅을 기어 다녀야 한다.
〈셰익스피어〉

☆ 지혜는 자연 언제까지 수위서 쉬고 있으랴? 개미가 있는 곳에 가서 그 하는 일을 보고 지혜를 얻어라.
〈舊約箴言〉

8월 18일

은아가 몸이 불편한 것 같아서 민중병원 가 보여 봤더니 이질이라고 한다. 걱정이 되었다. 밤엔 유네스코 회합에 갔으나 사람들이 안 나와 있었기 때문에 그냥 나와서 풍산과 맥주를 마시다가 돌아왔다. 아침엔 동명극장에서 〈야성의 엘자〉 영화를 보고.

8월 19일

『월간문학』에 수필 「시가 있는 일기초」 13매를 써 보내고, 『부일』에 줄 영화수필 「원시 애정에의 복귀」 9매를 썼다. 은아는 오늘도 민중병원에 갔다가 왔다. 아직 차도가 없는 걸까.

太和에 가서 "海印寺에 나初待" 校
正을 보고 虹島旅館으로 전화 했으
나 실패, 편지로 했다.

慶南일報社에 소설 原稿 10回
分 보냈다. 저녁 나절에 연극꾼
이 왔기에 같이 따라가서 金井館
에서 술을 마셨다.

特記事項

☆ 웅대한 시를 쓰려는 자는 그 생활을 웅대한 시로 만들어야 한다.
〈밀 톤〉

特記事項

☆ 사랑이 없는 인생은 죽음과 같다. 　〈루우터〉　249

8월 20일

태화에 가서 「해인사에의 초대」 교정을 보고 홍도여관으로 전화했으나 실패, 편지로 했다.

8월 21일

경남일보사에 소설 원고 10회분 보냈다. 저녁나절엔 연극이 왔기에 같이 따라가서 금정관에서 술을 마셨다.

ㅅㅗ설 쓰고.

太和에 내려가서 紅桃旅舘 봉투
원고 보아주고, 와서 소설을 썼다.
暴雨. 은아의 병이 낫지 않어서
民生病院에 갔다가 왔다.

☆ 학문은 코 끝에 걸고 다닐 로정이가 아니다. 배꼽 아래에 지�ㅅ서 담아 둘으
　모써 그 가치가 있다.　　　　　　　　〈외국 격언〉

☆ 사람이 되어서 옳은 일을 하지 못하면 마소에게 갓, 고깔을 씌워 밥벅이나
　나을 없다.　　　　　　　　〈鄭 澈〉

8월 22일

소설 쓰고.

8월 23일

태화에 내려가서 홍도여관 봉투 원고 보아주고, 와서 소설을 썼다. 폭우. 은아의 병이 낫지 않아서 민생병원에 갔다가 왔다.

8월 24일

은아가 계속 낫질 않아서 민중병원에 가 치료를 했다. 종일 소설 쓰고, 밤엔 시내에 내려가 풍산과 허창과 술을 마시다 돌아왔다.

8월 25일

최해군 씨와 집터 본다면서 수곡산에 산보, 집에 돌아와선 일요일이고 해 술 마시며 종일 놀아 버렸다.

[handwritten diary pages]

特記事項

☆ 학문은 앞으로 빌릴 것이 아니다. 안으로 깊이 파고 들어야 한다.
― 孔裏子

特記事項

― 陶淵明

8월 26일

아침에 두메와 산에 가서 집터를 봤다. 그냥 있을 수 있을 것 같았다. 합천에 보낼 족보 묘비명 역문을 정서하고, 밤엔 이재호 씨와 두메와 같이 문화반점에 가 술을 마셨다.

8월 27일

족보 번역문을 정서했다. 은아는 좀 해서 배가 낫지 않는다. 고름 똥을 눈다. 걱정이 이만저만 아니다. 그런데 내가 작은 방에서 글을 쓰고 있는 동안 바깥 긴 의자에 R이 눕혀 놓았던 은아가 마룻바닥에 툭 떨어졌다. 기겁을 했다. 엎드리다가 떨어진 모양이다. 김위생소아과로 R이 업고 가 치료를 했다. 역시 대장염이라고 했다. 밤엔 자다가 고통을 못 참는 듯 은아가 울고 잠을 들이지 못했다. 꼭 죽었으면 싶은 심정이다. 부디 무사하라 하느님에게 빌 뿐이었다. 자다가 꿈을 꾸니까, 내가 켜려던 바이올린의 E선이 끊어졌다. 불길한 꿈일까? 은아의 자전거를 사왔는데 은아는 그것을 즐겨서 탔다.

特記事項

☆ 그림은 소리 없는 시(詩)이고, 시는 소리로써 나타낸 그림이다.

〈월프리지〉

特記事項

☆ 명수도, 부드러운 선율을 들으면 사나움이 누그러진다. 〈영국 속담〉

8월 28일

R은 은아를 업고 또 김위생소아과로 갔다가 왔다. 과히 걱정은 할 것 없다고 해서 좀 안심이 되었다. 이발하고 태화에 들러 집으로 돌아왔다. 합천에 족보 번역문 우송했다. 최해군 씨와 산에 산보를 하고 막걸리를 여러 곳에서 마셨다. 소설 「수염 난 동화」를 쓰기로 마음먹었다.

8월 29일

R은 은아를 데리고 또 병원엘 갔다. 해인사에서 이광휘 군이 왔기에 같이 아침밥을 먹었다. 은아는 한결 기분이 좋아 뵈어서 마음이 놓였다. 소설 준비를 했다. 『부일』창간 기념호에 쓸 원고 2장 썼다.

特記事項

特記事項

8월 30일

『국제신보』, 「바람속의 나무들」 최종회 평을 썼다. 태화에 가서 해인사 인쇄물 교정 보아주고 허창 씨와 점심 먹고 돌아와서 최해군 씨의 소설 한 편을 읽다가 두었다.

9월 1일

합천서 봉규가 어제 식모아이 하나를 데리고 얼마나 반가운지 몰랐다. 오늘은 둘이서 팔송정 공원묘지에 가보고 거기서 집까지 막걸리를 사 마셔가며 걸어왔다. R은 은아 데리고 병원 갔다가 왔다. 밤엔 봉규, 해인사의 광휘, 유신, 해갑과 남포동에서 술을 마셨다.

9월 2일

태화에 가 돈 2만 원 선금으로 주었다(해인사 인쇄물). 봉규 합천으로 떠나고, 『국제』, 『부일』에 『정만서 무전여행기』 주며 서평 부탁하고. R은 또 은아 데리고 병원에 갔다 왔다. 역시 잘 낫지를 않아서 걱정이다. 소설을 써야겠는데 마음이 잡히질 않는다.

9월 3일

학교 강의 첫날.

학교 강의. 대연아파트에 박홍근 씨를
찾아갔다가 같이 시내
로 나와 술을 마셨다.

아침 비둘기호로 大邱를 거쳐 海
印寺에 갔다. 印刷物 가지고. 光輝
君, 支配人 들 모두 大滿足. 밤엔 술
을 마시다 잤다.

☆음악은 사람의 마음 속에 나쁜 정욕을 강화시키는 큰 힘이 있다.
〈나폴레옹〉

☆ 거울을 잘 보는 것이 참된 거울이다. 〈오뷔트〉

9월 4일

학교 강의. 대연아파트에 박홍근 씨를 찾아갔다가 같이 시내로 나와 술을 마셨다.

9월 7일

아침 비둘기호로 대구를 거쳐 해인사에 갔다. 인쇄물 가지고. 광휘 군, 지배인 들 모두 대
만족, 밤엔 술을 마시다 잤다.

9월 8일

아침 10시 마침 합승 택시가 있어서 대구까지 와, 재건호 기차로 내려왔다. 집은 무사. 해인사에서 하루쯤 있으면서 소설 설계나 하려다가 마음이 내키질 않아서 그만 와버렸다. 은아는 간밤에 좀 보채었다 하나 그냥 괜찮았다.

9월 9일

처음으로 기분을 정리, 소설「수염 난 동화」의 설계를 마쳤다.

☆ 예술가의 사명은 사람의 마음 깊은 곳의 물을 얻고, 그 속에 빛을 던져 주
는 데에 있다.　　　　<슈우만>

☆ 인생은 짧고 예술은 길며, 기회는 가기 쉽고 판단은 어렵다.　<괴에테>　

9월 10일

학교 강의. 병철의 취직 건 때문에 부상에 갔다가 문인갑 씨를 만나 밤에 늦도록 술대접을 받았다.

9월 11일

몸이 좋지 않아 학교를 쉬었다. 저녁땐 은아 차 태워가지고 R과 금강원에 가서 놀았다. 응가가 있는 곳과 그리 멀지 않은 곳에서.

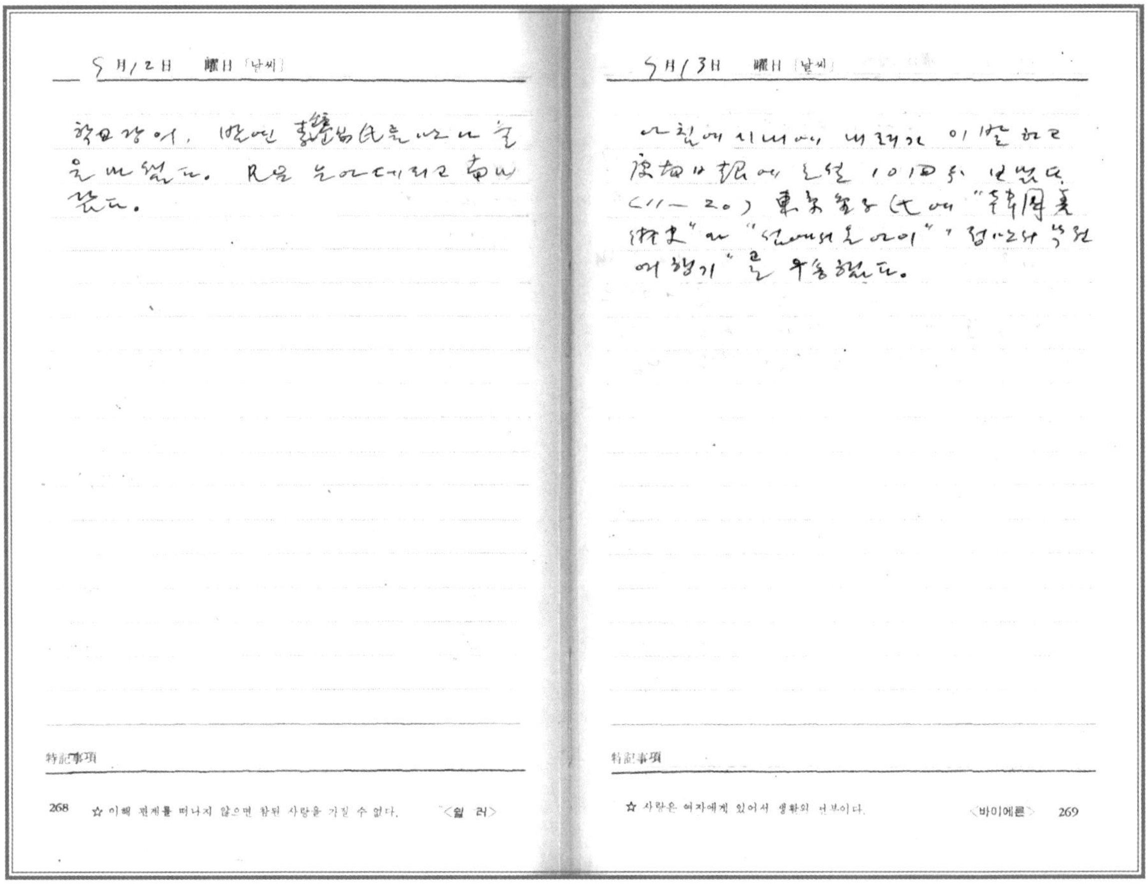

9월 12일

학교 강의. 밤엔 이종석 씨를 만나 술을 마셨다. R은 은아 데리고 남천 갔다.

9월 13일

아침에 시내에 내려가 이발하고『경남일보』에 소설 10회분 보냈다(11~20). 도쿄 가네코 씨에『한국미술사』와『섬에서 온 아이』,『정만서 무전여행기』를 우송했다.

특기사항（特記事項）

9월 14일

처음으로 「수염 난 동화」 삼십 매쯤 썼다. 마음먹은 대로 되어나갈 것 같다. 여름새 내게도 투서를 해온 어떤 회사 김해국이란 청년이 밤에 전화를 해 그 편지는 안 본 것으로 해달라는 말을 했다. 생각했던 것보다는 온순한 편 같았다. 그 편지엔 돈을 좀 꿔 달라는 것이었었다.

9월 15일

소설 20장쯤 쓰고 오후에 보영반점에서 있은 합천향우회에 참석했다가 판사 이근성 씨와 동우 형님과 맥주를 마셨다. 늦게 집에 와 보니 R이 안 돌아와 있으므로 은아가 보고 싶어서 택시를 타고 남천 가 잤다. 은아는 예방주사를 맞고 아프다 했으나 보지는 못했다.

R이 돌아왔다. 은아는 정말 몸이
좋지 않은 것 같았다.

학교 강의. 소설을 썼다. 은아
는 병원에 갔다 왔다. 감기도 들
었다고 한다.

特記事項

272　☆ 사랑을 거부한다면, 그대도 사랑을 거부당하리라.　　〈에니슨〉

特記事項

☆ 사랑은 병말으로 살지 못한다.　　〈마태복음〉

9월 16일

R이 돌아왔다. 은아는 정말 몸이 좋지 않은 것 같았다.

9월 17일

학교 강의. 소설을 썼다. 은아는 병원에 갔다 왔다. 감기도 들었다고 한다.

9月18日 曜日 〔날씨〕

학교강의, 일찍 와서 소설을
썼다.

9月19日 曜日 〔날씨〕

학교강의, 최계락, 전상수와 점심, 소설을 썼다.

特記事項

特記事項

☆ 학문이란 다른 것이 아니다. 잃어버린 양심을 찾는 데에 있다. <孟 子>

☆ 남나라가 접을 신고 허덕이며 가동 하지 말고, 이전처럼 학문과 손갑고 가
는 사람이 되라. <동레에뉴>

9월 18일

학교 강의. 일찍 와서 소설을 썼다.

9월 19일

학교 강의. 최계락, 전상수와 점심, 소설을 썼다.

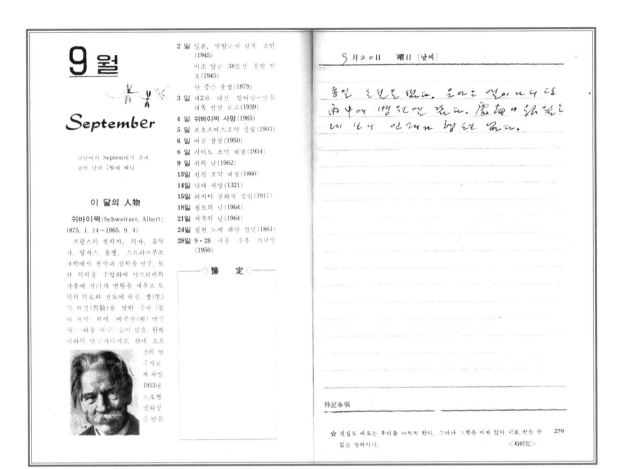

9월 20일

종일 소설을 썼다. 은아는 열이 나서 또 우중에 병원엘 갔다. 『경남일보』 왔는데 보니 인쇄가 형편없다.

9월 21일

소설 거의 끝날 대목까지 갔다. 밤엔 연각의 훈화집 출판 의논 관계로 박찬우, 김승만 씨 들과 만나 시내에서 술을 마시고 올라왔다.

9월 22일

소설 「수염 난 동화」 끝냈다. 107매, 최해군 씨와 금강원에 산보, 응가의 무덤에 가서 풀을 베어주었다. 혹시 소풍객으로 해 무덤이 상해 있지나 않나 해 걱정이더니 괜찮았다. 산 가게 에서 술을 마시고 돌아왔다.

9월 23일

문화반점의 장 씨가 우리 내외를 초대했다. 맛있게 먹고 왔다. 소설 정서를 시작했다.

9월 24일

학교 강의. 연일 소설에 전심한 탓일까 몸살이 난다. 소설 정서.

9月25日 曜日 날씨

학교강의.

9月26日 曜日 날씨

강의 마치고 마산경유 진주에 갔다.
최재호씨 만나 그곳 몇몇 사람과
밤에 술 마시고 최씨댁에서 잤다.

特記事項

特記事項

284 　☆ 무엇 때문에 사비가 필요하느냐고 하지 말라. 사랑의 빛이 없는 인생은 무 가치하다. 　　　　　　　〈윌 러〉

285 　☆ 가난한 자를 학대하지 말라. 주(主)는 모든 인간을 다 같이 사랑하노니. 심 지 못에 애바하는 일이로다. 　　〈舊約聖書〉

9월 25일

학교 강의.

9월 26일

강의 마치고 마산 경유 진주에 갔다. 최재호 씨 만나 그곳 몇몇 사람과 밤에 술 마시고 최 씨 댁에서 잤다.

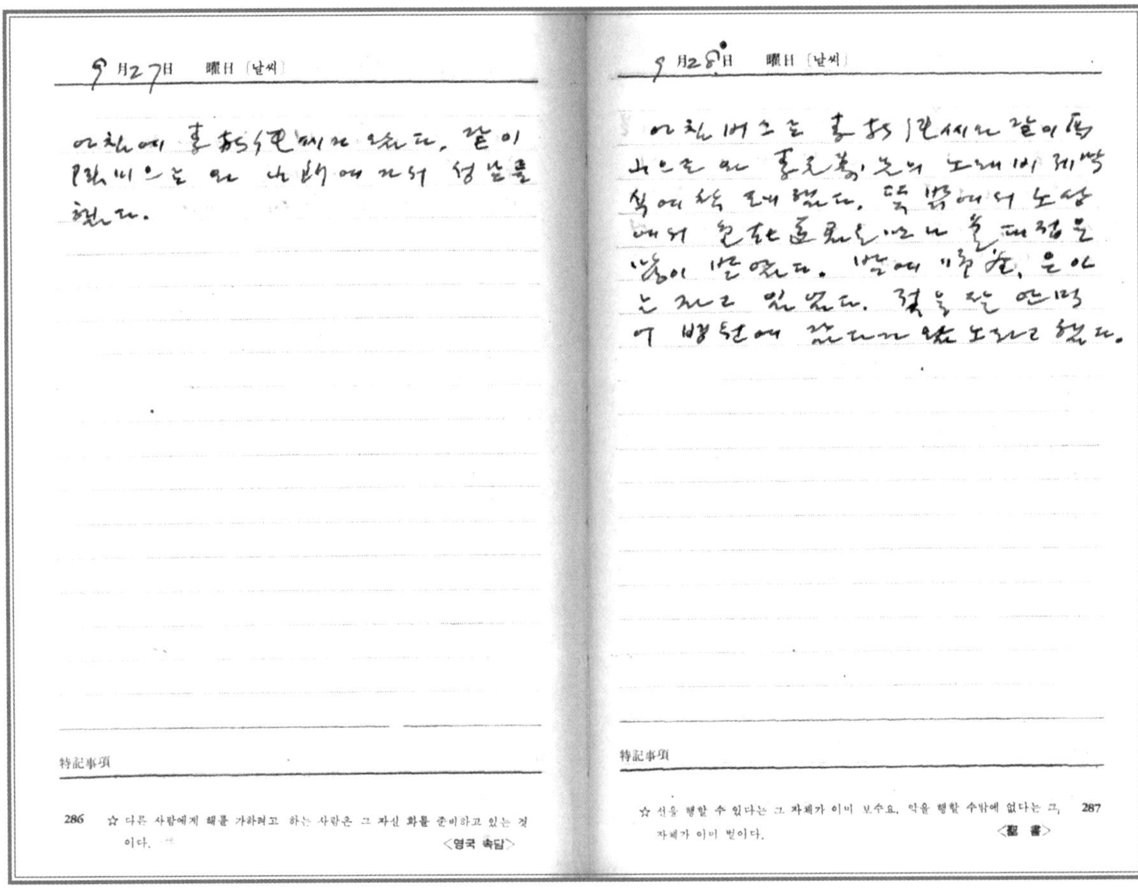
9月27日 曜日 [날씨]
特記事項
286 ☆ 다른 사람에게 해를 가하려고 하는 사람은 그 자신 화를 준비하고 있는 것이다.
<영국 속담>
9月28日 曜日 [날씨]
特記事項
☆ 선을 행할 수 있다는 그 자체가 이미 보수요, 악을 행할 수밖에 없다는 그, 자체가 이미 벌이다. 287
<聖 書>

9월 27일

아침에 이경순 씨가 왔다. 같이 합천으로 와 산소에 가서 성묘를 했다.

9월 28일

아침 버스로 이경순 씨와 같이 마산으로 와 이원수 형의 노래비 제막식에 참례했다. 뜻밖에서 노상에서 김재도 군을 만나 술대접을 많이 받았다. 밤에 귀부, 은아는 자고 있었다. 젖을 잘 안 먹어 병원에 갔다가 왔노라고 했다.

（手書き）

（手書き）

288　☆ 남의 작은 잘못을 책망하지 말라. 남이 감추자고 하는 일을 드러내지 말라. 남
　　　이 행적에　죄악을 생각지 말라.　　　　　　　　　　〈菜根譚〉

☆ 귀를 막고 거만한 자의 소리를 듣지 않는 자는, 자기가 부를 때에 도어 주
　는 사람이 없을 것이다.　　　　　　　〈聖　書〉　289

9월 29일

이원수 씨 부처가 왔다. 최 선생 내외분과 같이 술을 마시고 밤엔 연각이 술을 내어서 국제 호텔에서 술을 마시었다. 가족들 전체가. 이원수 씨 내외분 우리 집에서 자고.

9월 30일

소설 정서 117매, 이원수 씨 부처 맹호호로 가는데 부산역에 전송.

학교강의. 최계락, 최상림 씨와 점
심을같이먹고, "취미"에서 양복맞추고
박광종씨에게 돈 오천원 보내고. 은아
의사진을 붙여두기 위해서 앨범을
사왔다.

☆ 나를 알고 상대방을 알면 백 번 싸워도 위태롭지 아니하고, 나는 알고 상대
방을 모르면 일승 일패하고, 나도 모르고 상대방도 모르면 백전 패배한다.
〈孫子兵書〉

학교강의. 허창씨 신문상 탔
다하여 밤에 술을 울게 마셨다.
마침 충무에서 온 그의 형 창언과
함께.

☆ 자식의 잘못은 아비같이 잘 아는 사람이 없고, 신하의 잘못은 임금같
이 잘 아는 사람이 없다.　　　〈韓非子〉

10월 1일

학교 강의. 최계락, 최상림 씨와 점심을 같이 먹고, '취미'에서 양복 맞추고 박광종 씨에게 돈 오천 원 보내고, 은아의 사진을 붙여두기 위해서 앨범을 사왔다.

10월 2일

학교 강의. 허창 씨 신문상 탔다 해서 밤에 술을 울게 마셨다. 마침 충무에서 온 그의 형 창언 씨와 함께.

乙酉文化社에, 印紙 5,000枚 郵送.

이발, "旅情萬里" 1回分을 썼다. 저녁때엔 默聲과 金剛園에가서 맥주를 마시고 돌아왔다.

10월 3일

을유문화사에 인지 5,000매 우송.

10월 4일

이발, 『여정만리』 1회분을 썼다. 저녁때엔 묵성과 금강원에 가서 맥주를 마시고 돌아왔다.

（手書き日記）

特記事項

☆ 전 세계의 지식에는 능통하면서 자기 자신 하나는 모르는 사람이 있다.
〈라 퐁테에느〉

☆ 제스트에 대해서 배우는 가장 좋은 방법은 정직뿐이다. 〈카 퓌〉

10월 5일

부일 프레스홀에서 독서교환회에 강연을 했다. 밤엔 우하, 허창 양 씨와 술을 마시고.

10월 6일

추석. 아이들이 와서 제사 지내고, 낮엔 여러 손들이 와서 같이 술 마시며 놀았다. 우하, 허창, 계락 부처, 전상수, 최상림, 박돈묵, 김영 등 외 최해군 씨 부처.

종일 비, 국제극장에 가서 "검은대륙"을 봤다.

비둘기호로 상경, 역에 元洙군이 나와 있었다. 술을 같이 마시고서 새로여관을 잡어 들었다. 이날 金下득 선생도 서울에 있었다.

10월 7일

종일 비. 국제극장에 가서 〈검은 대륙〉을 봤다.

10월 8일

비둘기호로 상경, 역에 원수 형이 나와 있었다. 술을 같이 마시고서 새로 여관을 잡아 들었다. 이날 김하득 선생도 서울 와 있었다.

10월 9일

창조사에 가 최덕교 씨를 만나 『글짓기』 오십 책을 부탁했다. 돈은 안 내어도 좋으니 남은 재고의 것 천 부를 좀 팔아달라고 했다. 한글날이어서 대부분 휴업이다. 11시에 한국일보사에서 있은 이종기 '세종아동문학상' 수상식에 참석 축사를 했다. 신구문화사장이 점심을 내어서 이원수, 정한모, 장수철 씨 등과 같이 먹었다. 저녁때엔 이문희, 이춘수 군과 국전 구경을 갔으나 현기증이 나려 해서 일찍 여관집으로 돌아왔다.

10월 10일

몸이 역시 좋지 못했다. 현대문학사에 들르니 김수명 씨만 있었다. 잠시 앉아 놀다가, 배영사에 가서 『정만서』 인세 받고, 을유문화사에 가서 안춘근 씨를 만났다. 밤엔 이종기 씨가 돈을 보내어서 원수, 수철, 홍근, 이춘수, 이문희와 같이 저녁 술을 마시었다. 밤에 늦게 연각이 여관으로 왔기로 맥주를 마셨다.

비둘기호로 내려왔다. 연각도 동행
경주의 신라 화제에 가는 이원수
부처와도 동행. 차안에서 취토록 맥주
를 마셨다. 은아는 잘 있었다. 부산
진역에 은아를 업고 R이 마중 나와 있었
다. 밤엔 이종식씨가 낚시로 잡은
고기를 많이 가지고 왔기에 저녁과 술
을 같이 마시었다.

이발, 목욕.

10월 11일

비둘기호로 내려왔다. 연각도 동행, 경주의 신라문화제에 가는 이원수 부처와도 동행. 차 안에서 취토록 맥주를 마셨다. 은아는 잘 있었다. 부산진역에 은아를 업고 R이 마중 나와 있었다. 밤엔 이종식 씨가 낚시로 잡은 고기를 많이 가지고 왔기에 저녁과 술을 같이 마시었다.

10월 12일

이발, 목욕.

☆ 사람에게 양심이 있는 것은 탈에 나무가 있는 것과 마찬가지이다.
〈孔 子〉

☆ 그릇을 던지거든 솜으로 받아라. 노여움에 대해서는 부드러운 대답만이 효약이다.
〈외국 속담〉

10월 13일

박철석 씨가 부탁한 그의 수필집『꽃씨를 뿌릴 때』의 표지 기타를 그렸다.

10월 14일

종일 집을 보면서『여정만리』사, 오 회분을 썼다.

학교강의

학교강의. 최계락, 최상림과
점심, 太和에 三四원, 성림원
에 외상값 3,000원 갚고, R의
셔츠 한장 사가지고 돌아왔다.

10월 15일

학교 강의.

10월 16일

학교 강의. 최계락, 최상림과 점심, 태화에 오천 원, 성림원에 외상값 3,000원 갚고, R의
셔츠 한 장 사가지고 돌아왔다.

10월 17일

학교 강의. KU에서 심의위원회가 있었다. 거마비 천 원을 주기로 또 셔츠 한 장 사가지고 돌아왔다.

10월 18일

『여정만리』삼, 사 회분을 썼다.

(수기 일기 원문)

☆ 한 때의 분함을 참고 나가면 백 날의 근심을 모면할 수 있나. 〈明心寶鑑〉

☆ 운(運)은 착한 사람을 돕는다. 〈사라스토〉

10월 19일

『여정만리』(41)에서 (50)까지의 십 회분을 보냈다. 연재 원고를 쓰고 오후엔 『수대학보』에 줄 수필 「한국문답」 13매를 썼다. R은 정숙과 함께 남천엘 갔기 때문에 혼자서 잤다.

10월 20일

일요일. 「배비장전」과 「옹고집전」의 원고 교정. 오후엔 최해군, 정정화 두 사람이 왔기에 다니면서 술을 마셨다. 밤에 R이 돌아왔다.

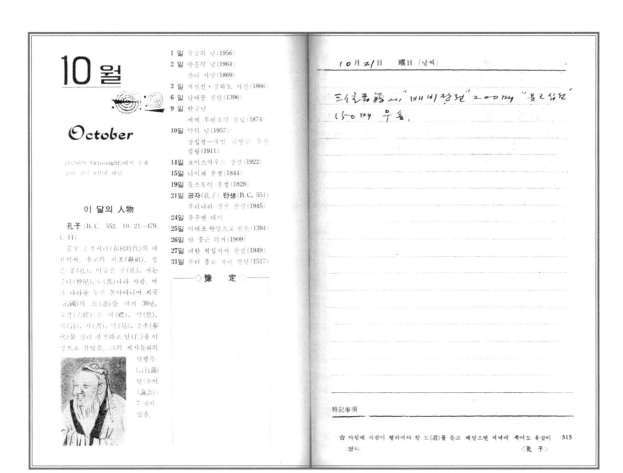

10월 21일

삼신서적에「배비장전」200매,「옹고집전」150매 우송.

경남일보의 소설 "여정만리" 순서를바꿔
뒤죽박죽, 화가나서 앞으로중
단하겠다고 최재호씨에 편지냈다.
학교강의.

학교강의. 시내에서 R과 최계락
군과 만나 같이 점심을 먹었다. 밤
엔 "현대문학"의 소설 세편을 읽었
다. 그중의 이범선씨의 "천당간사나이"
는 나의 지옥이야기 "수염난동화"와
발상이 같아 남이 본을 봤다고 하지
않을까 하는 생각이 들었다. 이봉구
씨의 "폭포"는 좋았다.

特記事項

特記事項

☆ 실망은 못난 자가 내리는 단안(斷案)이다. 현명한 사람은 결코 실망하지 않
는다.
〈비곤스·필드〉

☆ 이 대지에서는 나의 기쁨이 샘 솟고 있다. 태양은 나의 고통을 비쳐 준다. 나 315
에게는 이 두 가지로 충분하다.
〈괴에테〉

10월 22일

『경남일보』의 소설『여정만리』순서를 바꿔 뒤죽박죽, 화가 나서 앞으로 중단하겠다고 최재호 씨에 편지 냈다. 학교 강의.

10월 23일

학교 강의. 시내에서 R과 최계락 군과 만나 같이 점심을 먹었다. 밤엔『현대문학』의 소설 세 편을 읽었다. 그중의 이범선 씨의「천당 간 사나이」는 나의 지옥 이야기「수염 난 동화」와 발상이 같아 남이 본을 봤다고 하지 않을까 하는 생각이 들었다. 이봉구 씨의「폭포」는 좋았다.

"여정만리" 三, 四 일분 씀. 밤엔 최해군 씨부처
大로와 집에 술을 시켜다 마심.

해인사에 갈 예정이었으나 비가와
서 中止, 연재소설은 썼다.

10월 24일

『여정만리』삼, 사 일분 씀. 밤엔 최해군 씨 부처와 집에 술을 시켜다 마심.

10월 25일

해인사에 갈 예정이었으나 비가 와서 중지, 연재소설을 썼다.

(handwritten diary text)

特記事項

☆ 어떠한 죄도 사랑과 노력과 인격으로 씻어낼 수 있으며, 노구제될 수 있다.
〈괴에테〉

特記事項

☆ 산자리에 누운 얼굴엔 성인도 우인(愚人)도 없다. 눈을 떴을 때 그 행동에서
사람의 높고 낮은 것이 달라진다. 〈니이체〉

10월 26일

비둘기호로 해인사행, 대구까지는 조유로와 동행. 대구에서는 코로나[11] 합승, 같이 타는 부처가 놀라 사람이 좋았다. 홍도여관에서 잤다. 단풍은 아직 이른 듯. 들어 있는 것도 곱질 않았다.

10월 27일

하룻밤 더 머물 생각이다가 그만 와버렸다. 대구까지의 코로나 대절은 역시 그 부처, 특히 부인은 보기 드물게 수줍고 얌전했다. 돌아오니 창희가 와있었다. 은아는 무사. 나를 반기었다.

---

11) 1960년대에 신진자동차주식회사가 일본 도요타자동차와 합작하여 제작한 승용차.

10월 28일

창녀의 이야기를 주제로 한 소설 「금강원 산책」을 쓰려고 밑조사를 하러 아침 일찍이 금강원을 산책하고 왔다. 허창 씨가 의논이 있다고 전화하라기에 했더니 『부일』 연재 박종화 씨의 소설이 끝나게 되었으니 그다음을 받아 쓰라는 말이었다. 시간이 너무 촉박해서 갑자기 당황해졌다. 낮에 허 씨를 만나 들으니 십일월 십육일부터 게재해야 된다는 것이니 더욱 망설여졌다. 이발. 단편소설은 그만둬야 하는가 결정짓기가 곤란했다. 밤엔 내성관에서 박문하, 안장현, 손팔주 씨 등과 부산여대 문예작품 심사를 하며 저녁을 먹었다.

10월 29일

학교 강의. 신동아사에서 소설 청탁이 오고, 한국일보 『횃불』지에서 수필 청탁이 왔다. 일이 답쌓여서 어떻게 하나 정신이 어지러워진다. 낮엔 다방에서 상공회의소 인터뷰에 응했다. 연각이 내가 여름에 편지로 했던 시의 그 엽서를 가져다 놓고 갔다. 그 글은 이렇다.

硯覺先生淸覽	연각 선생 읽어보세요
身寄名山	몸은 명산에 기대고
心寄佛陀	마음은 부처에 기대네
樂寄甘露	즐거움은 감로에 부치고
思寄情人	그리움은 정인에게 맡기네
金力何有於我哉	김[12]의 힘이 어찌 나에게 있겠는가?
於海印寺	해인사에서
向破俗人	속세의 사람 향파가 보냄.

밤엔 연재소설 삽화 관계로 이석우 씨를 만났다. 『신동아』의 소설을 쓰기로 결심했다.

---

12) '김'은 연각 김하득을 지칭.

"햇불"에 원고 우송, 南海의 姜득송군에게
"정만서" 도 보냈다. 소설 쓰기 시작해
태화여관에 가 있었다.

特記事項

☆ 신의 품으로 이르는 깊은 사랑을 받는 데에 있지 않고, 사랑을 주는 데에 있다.
〈릴 케〉

학교강의. 돌아와 소설 썼다.

特記事項

☆ 사자의 꼬리가 되느니보다 고양이의 대가리가 되라. 소의 뒷꽁무니를 따르느니 닭의 앞장을 서라.
〈외국 속담〉

10월 30일

『햇불』에 원고 우송, 남해의 강득송 군에게『정만서』도 보냈다. 소설 쓰기 시작해 태화여관에 가 있었다.

10월 31일

학교 강의. 돌아와 소설 썼다.

소설 "東萊 金剛園"을 마쳤다. 74枚
계략이 와서 국제 구 회장이 부탁하는
글 두 통을 써달라고 왔기에 文化飯店
에 가서 술을 마셨다.

소설 淨書. 고단해서 계략의 부탁은
글은 쓸수가 없었다.

☆ 밤 늦게 가는 길에 물을 보고, 범인 줄 알고 활을 쏘니 화살이 돌에 박히었다.
후일 다시 물을 쏘니 화살이 튀어 나오고 말았다. 〈史 記〉

☆ 혼자 있을 때 강한 사람, 그것이 진정 강한 사람이다. 〈쉴 러〉

11월 1일

소설 「동래 금강원」을 마쳤다. 74매. 계략이 와서 국제 구 회장이 부탁하는 글 두 통을 써 달라고 왔기에 문화반점에 가서 술을 마셨다.

11월 2일

소설 정서. 고단해서 계략의 부탁한 글은 쓸 수가 없었다.

소설을 新東亞로 보내고 慶南 이 紙上 보에 각각
우송했다. 崔海甲 군이 왔기에 점 심을 같
이하고, 밤엔 늦게까지 계락의 부탁한
글을 썼다. 아침엔 은아, 수레에 태워
가지고서 崔海軍 씨 집에 가 놀다가오고.

이발.

11월 3일

소설을 신동아사와 경남일보사에 각각 우송했다. 최해갑 군이 왔기에 점심을 같이하고, 밤엔 늦게까지 계락의 부탁한 글을 썼다. 아침엔 은아, 수레에 태워가지고서 최해군 씨 집에 가 놀다가 오고.

11월 4일

이발.

학교강의. "英雄 第一回분을 쓰기시작했으나 마치지 못했다. 下午 여섯시 반부터 市内 新新예식장에서 現代文學社주최 文藝講演會가 있었다. 내가 인사말, 崔啓洛 司會, 朴斗鎭, 李文熙, 洪允淑, 趙演鉉 강연, 파한 뒤는 天馬閣에서 저녁.

학교강의. 朴鍾和氏의 소설이 12월까지 늦어진다는 소식. 차라리 여유가 생겨서 잘됐다 생각이 되었다.

11월 5일

학교 강의.『영웅』제일 회분을 쓰기 시작했으나 마치지 못했다. 하오 여섯 시 반부터 시내 신신예식장에서 현대문학사 주최 문예강연회가 있었다. 내가 인사말, 최계락 사회, 박두진, 이문희, 홍윤숙, 조연현 강연, 파한 뒤는 천마각에서 저녁.

11월 6일

학교 강의. 박종화 씨의 소설이 12월까지 늦어진다는 소식. 차라리 여유가 생겨서 잘됐다 생각이 되었다.

최효섭 동화집 "열두개의 나무 인형"
書評을 써아침에 쓰엇다. 밤엔
映画 "날개" 関係는 崔仁鉉監督 等
과 "교목장"에서 술을 마셨다.

"날개"를 弟一映画에서 試写해
봄. 感動하지 못 했다. 낮엔
"旅情萬里" 몃 回分 쓰고.

11월 7일

최효섭 동화집 『열두개의 나무인형』 서평을 아침에 썼다. 밤엔 영화 〈날개〉 관계로 최인현 감독 등과 '교목장'에서 술을 마셨다.

11월 8일

〈날개〉를 제일극장에서 시사해 봄. 감동하지 못했다. 낮엔 『여정만리』 몇 회분 쓰고.

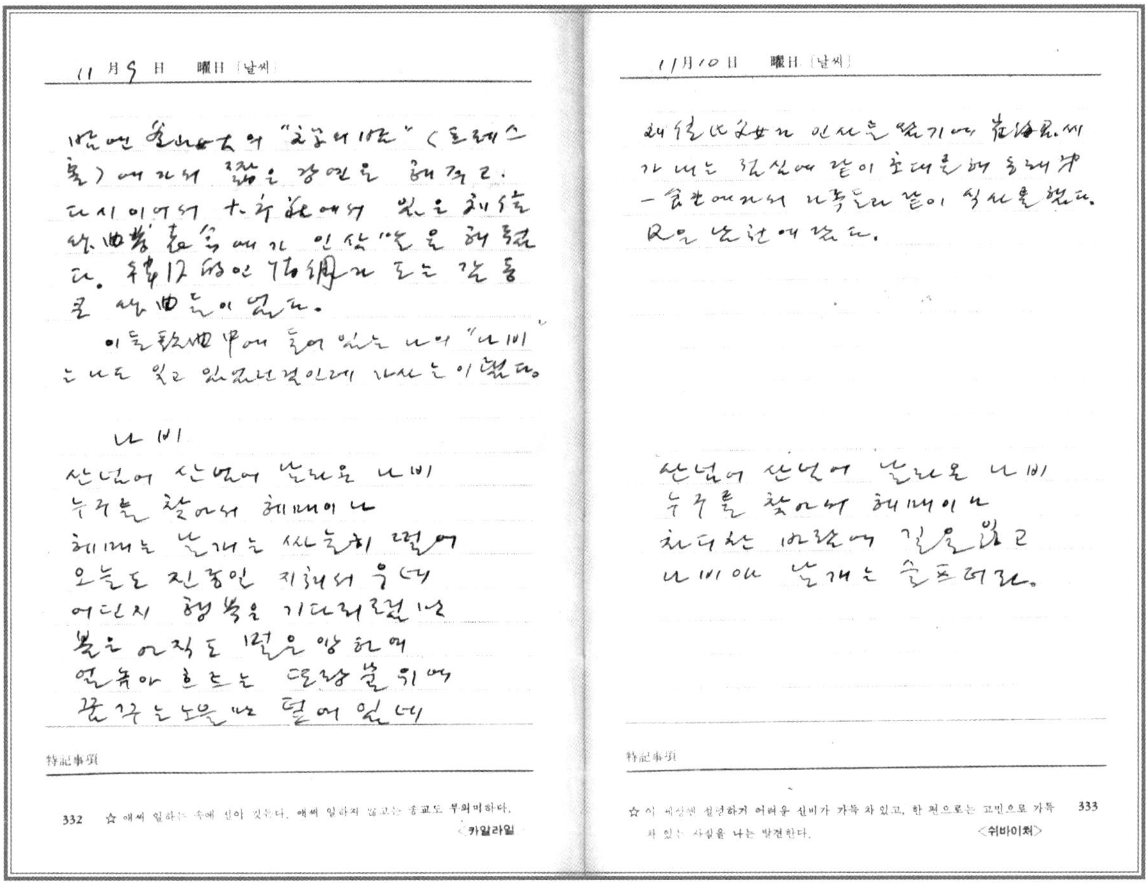

11월 9일

밤엔 부산여대의 '문학의 밤' 프레스홀에 가서 짧은 강연을 해주고. 다시 이어서 대청장에서 있은 유신 작곡발표회에 가 인사말을 해줬다. 한국적인 정조가 도는 감동 큰 작곡들이었다.

이들 가곡 중에 들어 있는 나의 〈나비〉는 나도 잊고 있었던 것인데 가사는 이랬다.

나비

산 넘어 산 넘어 날아온 나비
누구를 찾아서 헤매이나
헤매는 날개는 싸늘히 떨어
오늘도 진종일 지쳐서 우네

어딘지 행복은 기다리렸만
봄은 아직도 멀은 양하여
얼녹아 흐르는 또랑물 위에
꿈꾸는 노을만 덮여 있네

산 넘어 산 넘어 날아온 나비
누구를 찾아서 헤매이나
차디찬 바람에 길을 잃고
나비야 날개는 슬프더라.

11월 10일

유신 씨 부녀가 인사를 왔기에 최해군 씨가 내는 점심에 같이 초대를 해 동래 제일식당에
가서 가족들과 같이 식사를 했다. R은 남천에 갔다.

☆ 사랑하는 자에게 청복이 있으라. ...너를 구원할 순간 시련에 견딘 자여, 행복이 있으라!
〈괴에테〉

☆ 우리가 육체기 악의 구덩이에 빠져 있는 한 영혼은 진할 날이 없나.
〈플라톤〉

11월 11일

『여정만리』 썼다. 밤에 R이 돌아왔다. 은아 건강.

11월 12일

학교 강의.

진주에 "여정만리" 10회분 (61-70)
우송, 학교강의, 동화작가가 최효
섭씨라 하여 내일 만나자고 해서 약속
했다.

학교강의, 낮엔 최효섭씨를
만나, 김규태, 하은자 양 과 같이 점심
을 먹었다. 이발.

特記事項

特記事項

336　☆ 종교는 자기 내부에서 솟아나는 요구가 아니면 안 된다. 단순한 권유에서 들
　　어가는 것은 무의미하다.　　　<윌라이에르마하>

☆ 신의 계시(啓示)는 현명한 사람의 사상으로서 나타난다.　<쇼펜하우어>　337

11월 13일

진주에 『여정만리』 10회분(61-70) 우송, 학교 강의, 동화작가 최효섭 씨가 와서 내일 만나
자고 해서 약속했다.

11월 14일

학교 강의, 낮엔 최효섭 씨를 만나, 김규태, 하은자 양과 같이 점심을 먹었다. 이발.

特記事項

☆ 우리가 억성을 떠날 때 처악을 범하기 쉽다. 우리가 이성에반 치우칠 때 역시 치악을 범하기 쉽다. 　　　　　〈파스칼〉

特記事項

☆ 자너가 변변치 못하다면 돈을 모아 남겨 둔들 무엇하리. 자너가 착하다면 구태어 돈을 남겨 줄 필요가 어디 있으라. 　　　　〈영국 측담〉

11월 15일

양산에 가 경화여관에 들어 『여정만리』 씀, 방은 따스해서 괜찮았다. 밥은 여전 형편없고. 해거름엔 정정화 군의 모래터에 가봤으나 작업을 하지 않았다.

11월 16일

종일 글을 썼다. 밤에 심심해서 시가를 돌아다니고 있으니까 최해군 씨가 왔다. 반가워서 술을 마시고 여관에서 같이 잤다.

글 쓰다가 집으로 돌아왔다. 동화를
쓰기 시작했다.

이발. 학교에 가서 월급 찾고.
현대문학 12월호가 나왔는데 나의
"수염 난 동화" 가 나 있었다. R.
정숙과 셋이서 "명송"에 가 점심을
먹었다.

11월 17일

글 쓰다가 집으로 돌아왔다. 동화를 쓰기 시작했다.

11월 18일

이발. 학교에 가서 월급 찾고, 『현대문학』 12월호가 나왔는데 나의 「수염 난 동화」가 나 있었다. R, 정숙과 셋이서 '명송'에 가 점심을 먹었다.

양산 경화여관에 가서 소설을 썼다.
"英雄" 20매(四회분).

特記事項

特記事項

342　☆ 짧은 밤이 서 있을 날이다. 말이 저주받는 이유가 여기에 있다.

〈일 러〉

☆ 밤이 지나면 원수도 없고, 낮이 지나면 은혜도 없다.　〈東洋古書〉　343

11월 19일

양산 경화여관에 가서 소설을 썼다. 『영웅』20매 회분.

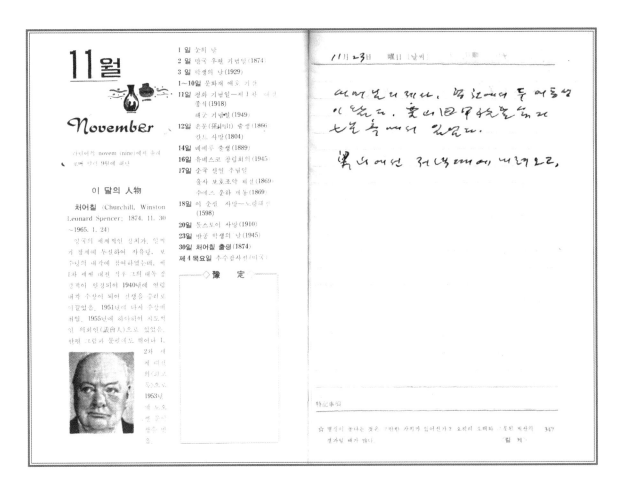

11월 23일

어머님의 제사, 합천에서 두 여동생이 왔다. 요산 회갑 축하회가 칠성정에서 있었다.
양산에선 저녁때에 내려오고.

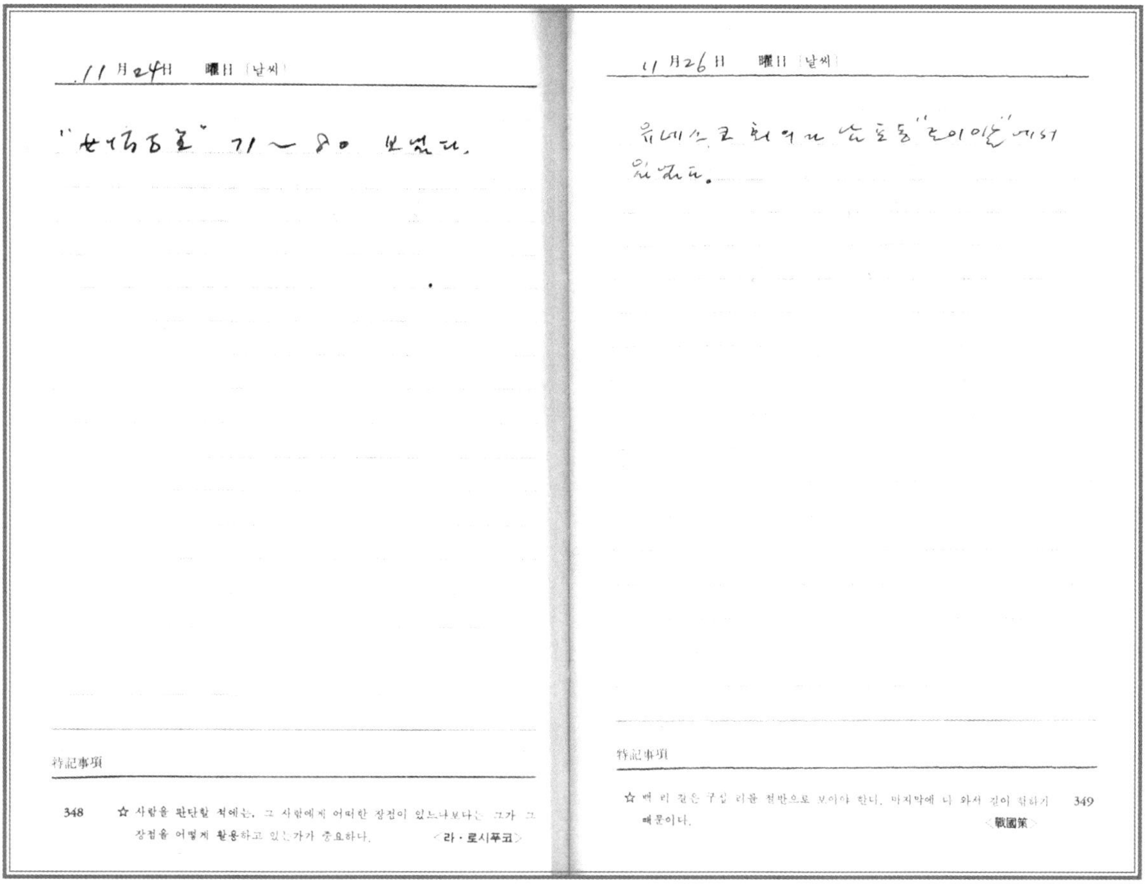

11월 24일

『여정만리』 71~80 보냈다.

11월 26일

유네스코 회의가 남포동 '로열'에서 있었다.

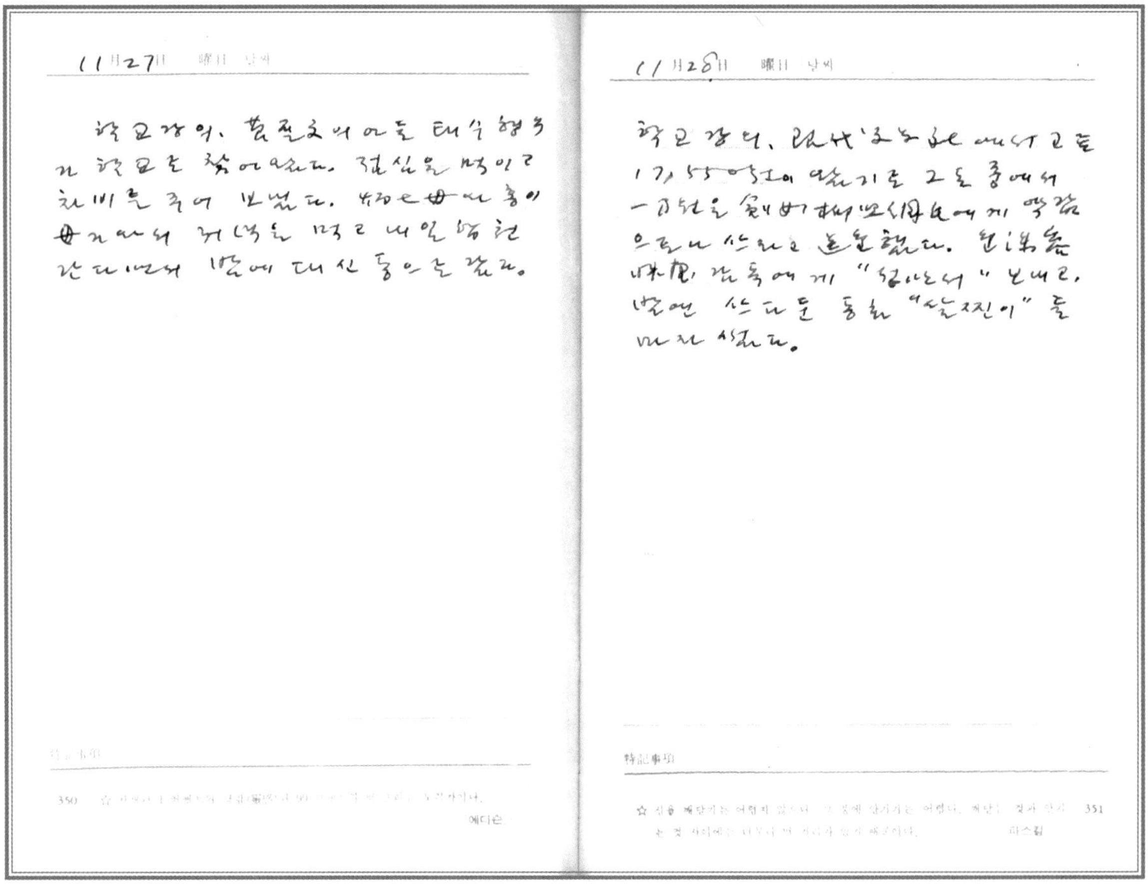

11월 27일

학교 강의. 황돌문의 아들 태수 형수가 학교로 찾아왔다. 점심을 먹이고 차비를 주어 보냈다. 병칠 모와 홍이 모가 와서 저녁을 먹고 내일 합천 간다면서 밤에 대신동으로 갔다.

11월 28일

학교 강의. 현대문학사에서 고료 17,550원이 왔기로 그 돈 중에서 일만 원을 검여 유희강 씨에게 약값으로나 쓰라고 송금했다. 김수용 영화감독에게 『정만서』 보내고, 밤엔 쓰다 둔 동화 「살찐이」를 마저 썼다.

11월 29일

오후 2시부터 도 문화상 회의를 도에서 하고 네 시 삼십 분엔 부산방송국에 가 서울의 박홍근 씨와 이원방송하고 돌아오는 길엔 이경순, 허창언 씨와 맥주를 마시고 돌아왔다.

11월 30일

하오 4시 반부터 학교 강당에서 학예제가 있었다. 내가 〈소설의 세계〉란 제목으로 강연을 하고. 시내로 가서 이석우, 허창 씨를 만나 술을 마시고 늦게 돌아왔다.

가람 선생 별세의 소식에 弔電을 쳤다.
낮엔 두메, 이재호 선생과 金剛園 散
策. 점심을 같이 먹고.

종일 아무 데로도 안 나가고 列國志를
읽고 秦始皇에 관한 기록을 探索
했다. 慶南女高의 "靑丘文學"에
줄 원고 "내일의 햇빛" 12 매를
쓰고.

12월 1일

가람 선생 별세의 소식에 조전을 쳤다. 낮엔 두메, 이재호 선생과 금강원 산책. 점심을 같이 먹고.

12월 2일

종일 아무 데도 안 나가고 『열국지』를 읽고 진시황에 관한 기록을 탐색했다. 경남여고의 『청구문학』에 줄 원고 「내일의 햇빛」12매를 쓰고.

12월 5일

시에서 문화상, 제2분과 수상자 결정. 고두동, 허창.

12월 6일

도에서 문화상 수상자 최종 결정, 돌아오던 길엔 풍산, 조두남[13], 허창언 씨와 맥주를 마셨다.

---

13) 원문의 '조남두'는 조두남(趙斗南)의 오기로 추정.

"여정만리" 81〜90 까지 十回分을 우송헀다.

"영웅"을 썼다. "월간문학"에서 …

12월 7일

『여정만리』 81~90까지의 십 회분을 우송했다.

12월 9일

『영웅』을 썼다. 『월간문학』에서 소설 청탁이 왔으나 바빠서 써낼 수 있을지가 문제다.

12월 11일

학교 시험 감독, 밤엔 풍산, 허창 형 들과 술, 『월간문학』에 줄 소설은 「편리한 사람들」을 쓰기로 결심.

12월 13일

시에서 문화상 상임위원회가 있었다. 소설 「편리한 사람들」 쓰기 시작. 밤에 양찬우 의원이 '인장보(印章譜)' 가져왔다는 비서의 전화가 있었다.

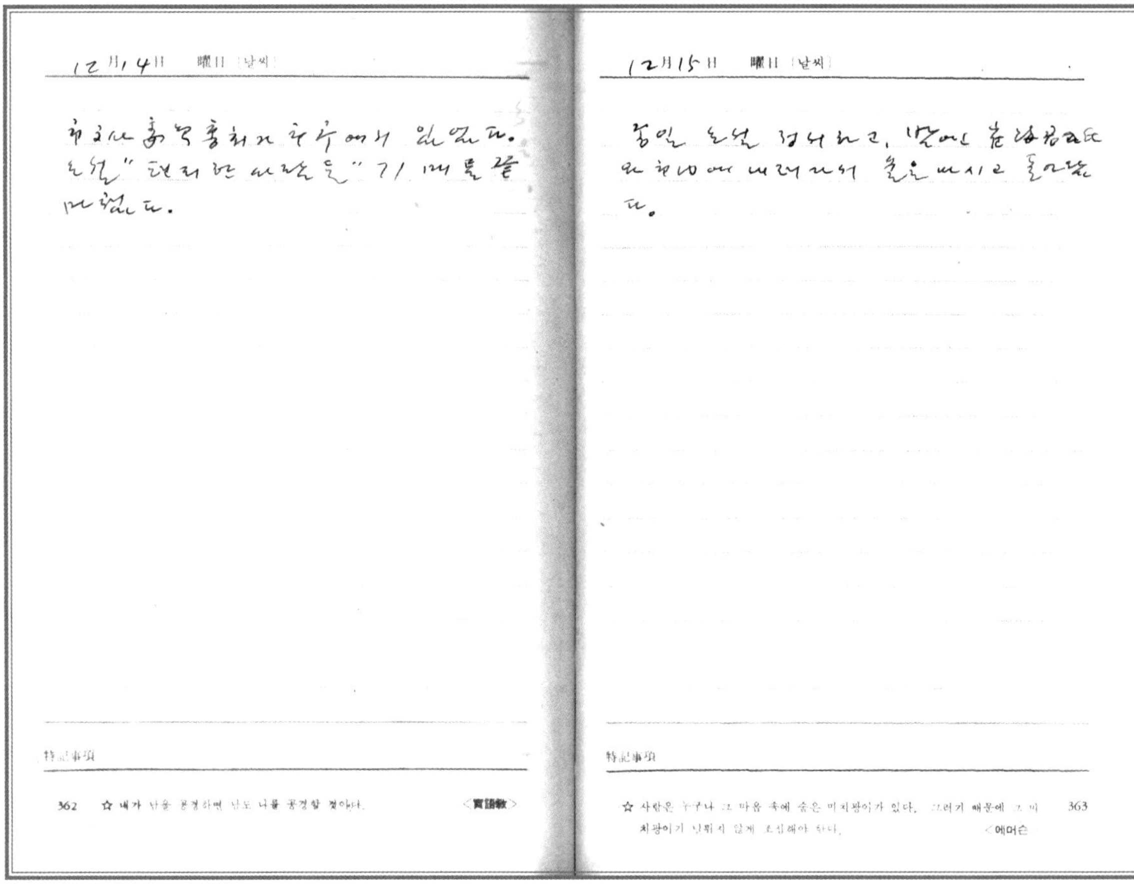

12월 14일

시 문화위원 총회가 시청에서 있었다. 소설 「편리한 사람들」 71매를 끝마쳤다.

12월 15일

종일 소설 정서하고, 밤엔 최해군 씨와 시내에 내려가서 술을 마시고 돌아왔다.

을유문화사 아동문학 인지 1,000枚 우송,
소설 "편리한 사람들" 정서 끝냈다.
7 8 枚。

이발, "月刊文學"에 소설 우송, R과
로열 만나서 ... 점심 먹고 왔다.

特記事項

☆ 사랑하는 사이라도 잘못은 알아야 하고, 미워하는 사람이라도 착한 점은 알아야 한다.
<禮 記>

特記事項

☆ 법률이 많으면 정의(正義)가 적다.
<영국 속담>

12월 16일

을유문화사 아동문학 인지 1,000매를 우송, 소설 「편리한 사람들」 정서 끝냈다. 79매.

12월 17일

이발, 『월간문학』에 소설 우송, R과 로열에서 만나 점심 먹고 왔다.

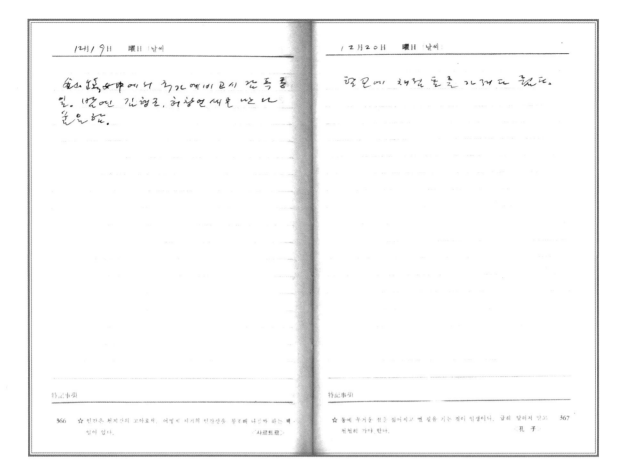

12월 19일

부산진여중에서 국가예비고시 감독 종일. 밤엔 김형근, 허창언 씨를 만나 술을 함.

12월 20일

학교에 채점표를 가져다줬다.

高志에 報社에 써 "여정만리" 90~100
十四회을 우송 했다.

감기로 누어 있었다. 틈틈이 "英雄"
을 몇회 쓰고.

特記事項

☆ 그대에게서 나온 것은 그대에게로 돌아간다.   〈孟 子〉

特記事項

☆ 훌륭한 사람이라고 할때 없는 아부를 하지 않고, 아랫사람이라고 할때 없이 교만
하지 않는다면 그는 훌륭한 사람이다.   〈揚子法言〉

12월 21일

경남일보사에 『여정만리』 90-100 십 회분을 우송했다.

12월 22일

감기로 누워 있었다. 틈틈이 『영웅』을 몇 회 쓰고.

"英雄" 三回四回 썼엇다. 역시
감기약 먹시오. 밤엔 4 時45 分
東洋 T.V 에서 送年 芸術 座談.
崔啓洛. 林虎 이대. 李相文.

"여정만리" 원고 쓰고. 밤엔 두메, 하나, 허
창 씨 들과 술을 마셨다.

12월 23일

『영웅』삼, 사 회분 썼다. 역시 감기약 마시고. 밤엔 열 시 사십오 분 동양TV에서 송년예술 좌담, 최계락, 임호, 이상문.

12월 25일

『여정만리』원고 쓰고, 밤엔 두메, 풍산, 허창 씨 들과 술을 마셨다.

가 되더니 온나 비롭시 $_{社}$ 에서 洪錫雨 氏와
"英雄" 대상 대담회.　"英雄" 원고
十回分 錫雨氏에게 주었다. 11~20.

12월 26일

하오 네 시 부산일보사에서 이석우 씨와 『영웅』 대상 대담회. 『영웅』 원고 십 회분 석우 씨에 주었다. 11~20.

各 曆 對 照 表

年齡	檀紀	西紀	日本紀	干支	年齡	檀紀	西紀	日本紀	干支
1	4301	1968	昭和43	戊申	41	4261	1928	3	戊辰
2	4300	1967	42	丁未	42	4260	1927	2	丁卯
3	4299	1966	41	丙午	43	4259	1926	1	丙寅
4	4298	1965	40	乙巳	44	4258	1925	大正14	乙丑
5	4297	1964	39	甲辰	45	4257	1924	13	甲子
6	4296	1963	38	癸卯	46	4256	1923	12	癸亥
7	4295	1962	37	壬寅	47	4255	1922	11	壬戌
8	4294	1961	36	辛丑	48	4254	1921	10	辛酉
9	4293	1960	35	庚子	49	4253	1920	9	庚申
10	4292	1959	34	己亥	50	4252	1919	8	己未
11	4291	1958	33	戊戌	51	4251	1918	7	戊午
12	4290	1957	32	丁酉	52	4250	1917	6	丁巳
13	4289	1956	31	丙申	53	4249	1916	5	丙辰
14	4288	1955	30	乙未	54	4248	1915	4	乙卯
15	4287	1954	29	甲午	55	4247	1914	3	甲寅
16	4286	1953	28	癸巳	56	4246	1913	2	癸丑
17	4285	1952	27	壬辰	57	4245	1912	1	壬子
18	4284	1951	26	辛卯	58	4244	1911	明治44	辛亥
19	4283	1950	25	庚寅	59	4243	1910	43	庚戌
20	4282	1949	24	己丑	60	4242	1909	42	己酉
21	4281	1948	23	戊子	61	4241	1908	41	戊申
22	4280	1947	22	丁亥	62	4240	1907	40	丁未
23	4279	1946	21	丙戌	63	4239	1906	39	丙午
24	4278	1945	20	乙酉	64	4238	1905	38	乙巳
25	4277	1944	19	甲申	65	4237	1904	37	甲辰
26	4276	1943	18	癸未	66	4236	1403	36	癸卯
27	4275	1942	17	壬午	67	4235	1902	35	壬寅
28	4274	1941	16	辛巳	68	4234	1901	34	辛丑
29	4273	1940	15	庚辰	69	4233	1900	33	庚子
30	4272	1939	14	己卯	70	4232	1899	32	己亥
31	4271	1938	13	戊寅	71	4231	1898	31	戊戌
32	4270	1937	12	丁丑	72	4230	1897	30	丁酉
33	4269	1936	11	丙子	73	4229	1896	29	丙申
34	4268	1935	10	乙亥	74	4228	1895	28	乙未
35	4267	1934	9	甲戌	75	4227	1894	27	甲午
36	4266	1933	8	癸酉	76	4226	1893	26	癸巳
37	4265	1932	7	壬申	77	4225	1892	25	壬辰
38	4264	1931	6	辛未	78	4224	1891	24	辛卯
39	4263	1930	5	庚午	79	4223	1890	23	庚寅
40	4262	1929	4	己巳	80	4222	1889	22	己丑

☆ 이 日記는 당신의 永遠한 回想으로 길이 간직합시다.

1968년

冥 想 日 記

1967年 11月 20日 印刷
1967年 12月 1日 發行

값 400 원

發行人 李 明 徽
發行所 徽 文 出 版 社
서울特別市 鍾路區 堅志洞 30
振 替 서 울 1 2 1 9
登 錄 1961. 5. 13 第892號
電 話 72-4897 · 0488
　　　　73-1871 · 8740
印刷所 三 和 印 刷 株 式 會 社

瞑想日記
1970

1월 1일

해가 바뀌었다 해서 별로 느껴지는 것도 없다. 아침밥을 혼자서 먹었다. 삼십일 부일 문화부 기자들과 망년회를 하다가 늦어서 집에 돌아오지 않았더니 그것이 화가 난다 해 R이 남천동으로 갔기 때문이다. 은아 생각이 간절해서 잘 때엔 내 요 위에다가 그의 베개를 옆에다 두고 잤다. 설날 아침이라 해서 도소주도 없다. 아침밥에 국도 없었다. 며칠 전 황산이 내게도 서독제 만년필 한 개를 선사해 주었기에 그 고마움을 갚기 위해 화선지에다 시를 써서 우편으로 보냈다.

皇山惠投萬年筆　황산께서 보내주신 만년필은
原稿執筆最好適　원고를 집필하는 데 가장 적합한 것이지요
庚戌元朝第一筆　경술년 1월 1일 처음으로 한 번 쓰니
此卄八字代禮詩　이 스물여덟 글자는 예를 대신하는 시라네.

이원수, 손동인 씨께도 편지를 썼다.

1월 2일

R이 왔다. 원고를 쓰다가 이발을 하고 동래 내려갔던 길에 우하 댁에 들러 도소주와 양주를 많이 마시고 정신없이 집으로 돌아왔다.

1월 3일

양주를 마시고 난 뒤면 다 이렇게 되는 걸까. 종일 물을 두 되 이상도 더 마신 것 같다. 글도 쓰기 싫고 해서 종일 누워있었다. 밤엔 조부님의 제사가 있었다. 은아가 턱에 솔이 나 있는데도 종일 잘 놀았다.

Memo

Memo

원고를 조금 쓰고 있다가 崔海軍씨를 청해 제사밥을 같이 먹고, 밤에는 또 南河씨 내외분을 청해 저녁을 같이 먹었다.

영하 12도의 추위. R이 은아를 업고 병원에 가는길에 원고를 부일에 갖다 주고 왔다. 종일 원고를 썼다.

1월 4일

원고를 조금 쓰고 있다가 최해군 씨를 청해 제삿밥을 같이 먹고, 밤에는 또 우하 씨 내외분을 청해 저녁을 같이 먹었다.

1월 5일

영하 12도의 추위. R이 은아를 업고 병원에 가는 길에 원고를 『부일』에 갖다주고 왔다. 종일 원고를 썼다.

1월 6일

종일 원고를 썼으나 소제목이 갈려서 능률이 나지 않았다. 막걸리를 사다 먹었더니 맛이 좋았다. 밤엔 잠이 오지 않아서 이재호 씨로부터 부탁받은 서부시우회의 회가를 지었다.

해 뜨는 아침 바다 좋은 땅에 살아있어
만나면 웃는 얼굴 서부시우 아닐런가
낭랑한 가락 들으면 먹구름도 걷느니

세상이 거칠언들 사람마다 다 거칠랴
모이면 다짐해온 서부시우 아니던가
조상이 끼친 유훈을 우리만은 지키리.

1월 7일

종일 붓을 들고는 있었어도 능률이 나지 않는다. 밤엔 국제신보의 전상수 양이 맥주 한 박스를 사가지고 인사를 왔다가 갔다. 낮엔 황산으로부터 편지가 왔는데 전날 보낸 시에 대한 화답이다.

皇山惠擲獨製筆　　황산께서 보내주신 독일제 만년필로

寫意寫情最適佳　　뜻과 정으로 써 보니 가장 적절하고 아름답네.

元朝試毫正逸品　　새해 첫날 아침 시험삼아 쓴 글씨는 정말 뛰어난 작품

先送代禮更勿求　　먼저 보내 예를 대신하니 또 구하지 말게나.

答向破逸詩　　　「향파의 뛰어난 시에 답하며」

回不入格五忌詩　　답장이 격에 맞지 않아 다섯 번이나 시 쓰는 것을 꺼리다가

誠意嘉尙未返置　　정성스런 뜻이 가상하지만 답장하지 못했다네.

其筆寫揮眞好適　　그 만년필로 쓴 필치가 참으로 좋아 보이니

來年此月更送致　　내년 1월에 다시 보내드리리.

庚戌元月皇山逸叟　　경술년 1월 황산 일수가

Memo

1월 8일

밤 2시에 일어나서 잠이 안 와 황산이 독촉하고 있던 시조잡지 원고 13매를 썼다. 주로 황산 간에 오고 간 시 이야기와 서부시우회에 지어준 시조 이야기다. 저녁나절엔 두메, 부일의 이성순 기자가 왔기에 동래에 내려가서 술을 마시고 돌아왔다.

1월 9일

종일 원고 썼다. 밤엔 최해군 씨 부부 왔기에 같이 술과 밥을 먹고.
대구 이호우 씨 별세. 조전을 쳤다.

Memo

Memo

入試準비 한게 교수회의 있어 학교
에 나갔다 와서 원고를썼다.
은아는 버짐 때문에 계속 병원
에 왕래하고.

종일 원고, 밤에 두메가 와서
같이 저녁.

1월 10일

입시 준비 관계 교수회의 있어 학교에 나갔다 와서 원고를 썼다.

은아는 버짐 때문에 계속 병원에 왕래하고.

1월 11일

종일 원고, 밤에 두메가 와서 같이 저녁.

Memo

Memo

1월 12일

밤사이 은아가 토하고 많이 아파 걱정이다가 병원에 업고 갔다가 왔다. 감기에 소화 불량이라 한다. 빨리 나아주었으면! 시험 출제 관계로 금호장에 가 있다가 저녁때엔 문다방에서 열고 있는 우석서도전에 갔다. 거기서 김규태 군을 오라해 술을 같이했다. 『국제신보』에 내가 쓰고 있는 「해학 속의 한국」이 인기가 매우 좋다면서 더 계속했으면 했다. 나중엔 이수관, 송재근 씨와도 만나 대취.

고려민예사의 최금당 씨로부터 고려제라는 호신불상 하나를 얻어 왔다.

1월 14일

신신예식장에 있었던 김일현 씨 영식 결혼식에 갔다가 이수관 씨한테서 소시지를 얻어 왔는데 맛이 좋았다. 오후엔 이종식 씨가 와서 저녁을 먹고, 이준승 씨도 와서 같이 술을 마시며 놀았다.

1월 15일

학교에 가 월급 타고, 시내에 가 청남 댁에 가 김봉근 씨가 맡겨 놓은 도장을 찾아오다가 도중에서 이수관, 송재근 씨를 만나고 나중엔 최계락 군까지 만나 늦도록 술을 마시고 왔다.

우석 김봉근 씨가 파준 도장은 이렇다.

1월 16일

이발. 영하 십여 도의 강추위. 입시 프린트 교정을 위해 학교에 갔다가 늦게 돌아와 최해군 씨와 집에서 술을 마셨다.

초협 총회에 갔다가 雨河, 바도, 효초
세 사람과 서면에서 술을 마시고
돌아왔다.

국제신보에 줄 續編 "解学 속의 韓國"
五回分을 썼다. 은아의 젖을 떼었다.
R은 감기 몸살로 밥을 안먹고.

1월 17일

문협 총회에 갔다가 우하, 승재, 의홍 세 사람과 서면에서 술을 마시고 돌아왔다.

1월 18일

『국제신보』에 줄 속편「해학 속의 한국」오 회분을 썼다. 은아의 젖을 떼었다. R은 감기 몸살로 밥을 안 먹고.

1월 19일

『국제신보』에 보낼 「해학 속의 한국」의 삽화를 그려 우송. 숙제로 밀려나온 금정여중 교가를 지었다.

화사한　　햇빛 아래　일렁이는 꿈
종소리로　자라가네　슬기의 꽃들
조국의　　부르심을　내일에 메고
희망으로　열려 있네　진리의 들창

　　　　　　창공에　　나부끼는　영광의 깃발
　　　　　　무궁토록　지키리라　금정의 이름

구월산   중허리에   아늑히 선 집
아스라이   퍼져가네   노래의 날개
다정과   부지런을   마음에 심고
기쁨으로   부풀었네   배움의 자랑.

고려민예사 최규용 씨가 몇 번이나 글씨를 써 달라기에 동봉 김시습의 경세시를 쓰고 끝에 이렇게 썼다.

庚戌歲首某日錦堂先生惠投麗製護身佛一座有感東峰先生警世詩

寫向破學人

경술년 새해 초 어느 날 금당 선생이 선물로 고려제 호신불 하나를 보내주어 감사하며 동봉 선생 경세시를 썼다.

향파학인 쓰다.

학교에서 入試, 採點 오다가
민중의원에 들리어 雨荷와 술을
마시고 돌아왔다.

Memo

Memo

학교에서 채점. 이발.

1월 20일

학교에서 입시, 채점. 오다가 민중의원에 들러 우하와 술을 마시고 돌아왔다.

1월 21일

학교에서 채점. 이발.

풍산과 둘이서 교육감을 찾아가 병칠에 관한 부탁을 하고 학교에 가 채점. 저녁엔 金井女中 이금복 교장에게 校歌 지은 것 전달하고 발집에서 대취해 돌아왔다. 校歌 도 大滿足 하고 있었다.

술을 너무 많이 마신 뒤여서 그런 모양. 원고가 도무지 안 쓰여서 최 선생과 술집에 가서 막걸리를 마시고 왔다.

1월 22일

풍산과 둘이서 교육감을 찾아가 병칠에 관한 부탁을 하고 학교에 가 채점.

저녁엔 금정여중 이금복 교장에게 교가 지은 것 전달하고 발집에서 대취해 돌아왔다. 교가 도 대만족하고 있었다.

1월 23일

술을 너무 많이 마신 뒤여서 그런 모양. 원고가 도무지 안 쓰여서 최 선생과 술집에 가서 막걸리를 마시고 왔다.

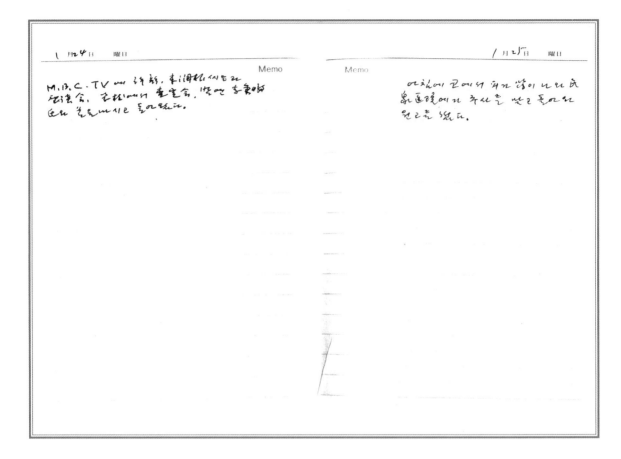

1월 24일

MBC TV에 허창, 이윤근 씨 등과 좌담회, 학교에서 사정회, 밤엔 이병돈 씨와 술을 마시고 돌아왔다.

1월 25일

아침에 코에서 피가 많이 나와 민중의원에 가 주사를 맞고 돌아와 원고를 썼다.

Memo

원고 쓰다가 밤에 맥스웰 다방에서 열리는 김규태 군 출판기념회에 참석.
돌아오는 길에 우하, 허창 등 씨들과 술을 마시고 왔다.

1월 26일

원고 쓰다가 밤에 맥스웰 다방에서 열리는 김규태 군 출판기념회에 참석.
돌아오는 길에 우하, 허창 등 씨들과 술을 마시고 왔다.

1월 27일

풍산을 소개하러 혜강한의원에 최 선생과 같이 갔다가 와서 집에서 또 술을 마셨다.

이발. 조복래 씨가 자기 학교인 해운대여중의 교가를 지어 달라기에 최 선생을 동행해 해운대에 가서 학교 구경을 하고 시내에 가서 술을 마시다가 도중에서 또 이수관, 김규태 군 등

온즉 최원녀의 옥종원이

1월 28일

이발. 조복래 씨가 자기 학교인 해운대여중의 교가를 지어 달라기에 최 선생을 동행해 해운대에 가서 학교 구경을 하고 시내에 가서 술을 마시다가 도중에서 또 이수관, 김규태 군 등을 만나 다시 술.

1월 29일

김규태 군의 아우 우태 군의 결혼식이 동래예식장에 있어서 갔다가 송재근, 김혜성, 이종석, 이수관 씨 등을 만나 또 고두동, 최해군 씨 등과 같이 문화반점에 가 점심을 먹었다. 해운대여중의 교가를 짓기 시작. 밤엔 서울의 김사림 군이 와 전화를 했기에 희다방에 가서 잠시 놀다 왔다.

1 月 0日   曜日

Memo
Memo

月 日   曜日

1월 30일

간밤 세 시 반에 일어나 해운대여중의 교가를 지었다.

해 뜨는 형제봉   바라다보며
오늘도   열려진   배움의 창문
보람찬   겨레의   꽃들이고저
조상이   남기신   얼을 가꾸네

남쪽 바다   해운대   파도 소리 들으며
그 이름도   해운대   진리의 전당

밝은 빛 내일을   꿈으로 안고

노래도 즐거워 영광의 뱃길

하늘 끝 저 멀리 번지는 희망

우리는 정다이 여기 서 있네.

은아가 첨으로 이발을 했다. 많이 울었다고 한다. 국제신보사에 가서 고료 이만 원을 받고 은아의 턱과 등의 병 난 데를 보이러 제자인 박용상피부과 병원에 가서 보였다.

박 박사는 무척 반겨 치료비도 받지 않았다. 여기서도 역시 은아는 많이 울었다. 부산데파트에 들어가 셔츠 등을 사고 집에 돌아오자 여는 대문 틈으로 우하가 주어서 기르는 개 '보니'가 밖으로 나가더니 그 길로 행방불명이 되었다. 비 온 뒤여서 특히 추운 날. 마음이 언짢아서 견딜 수 없었다. 보니는 아무리 찾아도 없다. 똥 싸고 주전부리 많다고 지천을 많이 해왔던 만큼 불쌍했다. 사람이나 짐승이나 정들일 것은 못 되는 걸까.

Memo

1월 31일

  종일 원고. 해운대여중 조복래 교장 만나 교가 전하고 술 마셨다. 교가 무척 만족해했다. 같이 술 마신 사람. 조 교장, 최 교감, 유신, 윤재봉, 구자옥, 박승재, 부일 남 기자, 나중엔 다른 데서 이성순 기자, 이석우 씨 만나 또 술 마시고.

2월 1일

원고 쓰고. 최 선생과 저녁을 같이 먹으면서 술을 마셨다.

은아는 불과 21개월밖에 안 되는데도 성은 이가, 이름은 은아, 나이는 세 살 등 거의 못 하는 말이 없다. 명사의 어휘는 수를 알 수 없고, 아까, …아니가? 등 어려운 말도 수두룩.

Memo

Memo

2월 2일

구정이 가까워서 R은 좀 바쁘다. 종일 원고 씀. 풍산이 많이 앓는다는 소식이어서 저녁때에 최 선생과 같이 위문을 하고 왔다. 역시 위장병에다 감기를 겸한 모양.

2월 3일

졸업생 성적 관계로 학교에 갔다 돌아와서 원고를 썼다. 은아는 병원을 갔다가 자면서 업혀서 돌아왔다. 피부병이 상당히 좋아졌다는 이야기다.

2월 4일

이발. 창희가 제대를 하고 돌아왔다. 우하 댁에 가서 운여 씨의 송별 주석에 참석. 거기는 의사 이일교, 이재영 씨, 청○도 와 있었다. 같이 글씨도 써서 교환했다.

2월 5일

종일 원고. 『부일』에 원고 십 일분 갖다주고. 서점에서 류탁일 씨를 만나 다방에 들러 서적에 대한 이야기들을 하다가 은아에게 줄 인형 하나 사가지고 돌아왔다. 내일이 음력 설날.

2월 6일

구정 설날. 아침에 일찍 제사를 지내고 아이들 데리고 금정산 턱에 가 놀고. 사진 찍어주고. 저녁나절엔 최해군, 허창, 이수관, 송재근, 이성순, 우하 등 제씨가 와서 오래도록 술을 마셨다. 김규태 군도 오고.

2월 7일

은아 병원 가는 걸음에 나도 따라가 같이 영화나 볼까 하다가 비가 와서 은아 모자만 하나 사고 돌아와 집에서 맥주를 사다가 마셨다.

Memo

Memo

종일 원고. 저녁엔 崔海君씨 댁
에 가서 술을 마시고 돌아왔다.

출사기 위해 여행을 떠나다가 배도
아프고. 가기도 싫고 해 집으로 도로 돌아
왔다. 저녁에는 R과 은아와 雨荷
댁에 가서 놀다가 오고.

2월 8일

종일 원고. 저녁엔 최해군 씨 댁에 가서 술을 마시고 돌아왔다.

2월 9일

글쓰기 위해 여행을 떠나다가 배도 아프고, 가기도 싫고 해 집으로 도로 돌아왔다. 저녁에는 R과 은아와 우하 댁에 가서 놀다가 오고.

2월 9일[1]

원고 쓰고 있는데 조의홍 씨가 와서 놀다가 금산여관 이야기가 나서 해운대 천일장에 가보고 왔다.

2월 10일

해운대로 가려 했으나 어쩐지 가기가 싫어서 집에서 글을 썼다.

---

1) 동일한 날짜의 일기가 두 번 작성되었음.

2월 11일

해운대 천일장으로 가 글을 썼다. 석유스토브 옆에 있다가 그냥 있으려니 방이 차서 글쓰기가 마뜩잖았다. 저녁밥을 주는 걸 보니 형편없다. 밥은 풀떡 덩어리 반찬이란 것도 모두 먹던 것. 이불조차 무거워서 잠이 편하지 않았다. 첫날부터 만정 떨어져. 글은 오후부터 썼는데도 50장 (을유의 『영웅전』을 고쳐 쓰는 것이다). 은아가 보고 싶다.

2월 12일

역시 밥이 정떨어진다. 100매 쓰고. 은아가 몹시 보고 싶다.

Memo

Memo

2월 13일

밤엔 너무 적조해서 시내에 내려가 혼자서 술을 마시고 돌아와 잤다. 은아가 보고 싶다.

2월 14일

밥 때문에 아무래도 더 있을 수가 없어서 돌아왔다. 숙박비도 자그마치 1,000원, 밥값이 한 때 300원 참 형편없다. 집에 돌아오니, 은아가 나를 그렇게 좋아한다. 남천 할머니가 와서 계셨다.

（handwritten diary text）

2월 15일

원고 쓰고. 오후엔 성호주, 김종우 씨가 놀러 왔기에 맥주를 마시며 놀다가 밖으로 나가 다시 두메까지 합쳐 맥주를 마셨다.

2월 16일

원고를 쓰다가 해거름엔 최 선생과 술을 마셨다. 이렇게 날마다 술만 마셔야 하는가.

『월간문학』에 보낼 소설 구성을
시작하려 했으나 분위기가 그렇게
되질 않았다. 그냥 다른 원고만
썼다.

소설 구상 안 했다. 밤엔 최 선생
최와 같이 제일식당에 가 우하 불러
내어 술 마시다가 나중엔 우하
댁에 가서 늦도록 술을 마시고 왔다.

2월 17일

『월간문학』에 보낼 소설 구성을 시작하려 했으나 분위기가 그렇게 되질 않았다. 그냥 다른 원고만 썼다.

2월 18일

소설 구상 안 했다. 밤엔 최 선생과 같이 제일식당에 가 우하 불러내어 술 마시다가 나중엔 우하 댁에 가서 늦도록 술을 마시고 왔다.

Memo

2월 19일

술 마신 뒷날이어서 그런지 종일 고단했다. 이발.

2월 20일

오래간만에 비가 내렸다. 학교에 나가 추가시험을 치고 시내에 나가 영평 총회에 참석하고 술을 마셨다.

로섬은 결국 씨어진 것 같지 않아
금강원 산책을 하고, 부일에서
청탁한 "옛놀이"에 대한 원고 10
장을 쓰고 밤엔 雨河宅에 가
許萬夏, 오오秦, 許참 들과 술
을 마시고 돌아왔다.

崔선생과 낮에 散策을 하다가 第一
食堂에서 파젼을 사먹고 왔다.

2월 21일

소설은 결국 쓰일 것 같지 않아 금강원 산책을 하고, 『부일』에서 청탁한 「옛놀이」에 대한 원고 10장을 쓰고 밤엔 우하 댁에 가 허만하, 김규태, 허창 씨 들과 술을 마시고 돌아왔다.

2월 22일

최 선생과 낮에 산책을 하다가 제일식당에 가서 파젼을 사 먹고 왔다.

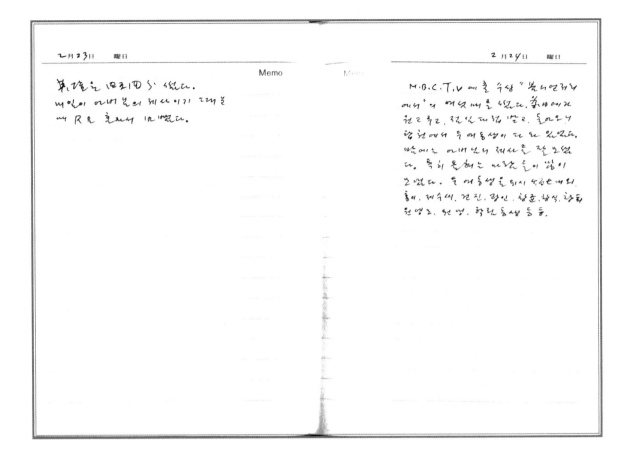

2월 23일

『영웅』을 사, 오 회분 썼다.

내일이 아버님의 제사이기 때문에 R은 혼자서 바빴다.

2월 24일

MBC TV에 줄 수상「봄의 언저리에서」의 여섯 매를 썼다. 부일에 가 원고 주고, 점심 대접 받고, 돌아오니 합천에서 두 여동생이 다 와 있었다. 밤에는 아버님의 제사를 잘 모셨다. 특히 올해는 사람들이 많이 모였다. 두 여동생을 위시 병칠 내외, 홍이, 제수씨, 건진, 광인, 창균, 창식, 창희, 원영 모, 원영, 학림 동생 등등.

Memo

Memo

2월 25일

제사 뒷날이어서 사람들을 청해 밤에 술을 마셨다. 송재근, 이성순, 최 차장, 김규태, 최해군, 이수관, 박승재 등등.

2월 26일

매양 술이라서 큰일났다. 술 마신 다음날이어서 종일 누워있었다. 다시는 술을 안 마시겠다고 했는데. 밤엔 또 윤정규 군이 와서 같이 술을 마셨다. 『국제신보』에서 우스운 이야기를 삼만 원에 연재해 달라 해서 어쩔까 생각을 해봤다.

2월 27일

『국제』에 줄 웃음거리 6일분을 썼다. 제1화. 「지레짐작」, 2. 「복잡한 인생」, 3. 「무서운 취미들」, 4. 「괴상한 촌수」, 5. 「유산의 경우」, 6. 「천당 가는 표」. 밤엔 영평 총회, 대음.

2월 28일

부일에 가서 고료 받고, 돌아와 글 썼다. 밤엔 최 선생 불러다 학교 전근의 위로 술 마시고.

Memo   Memo

촌사의 (결혼)이 청탑에서 있었다.
주례 맡아준 雨河와 점심을 같이
하고 돌아와서 원고를 썼다.

학교에 나갔다. 入學式, 下午 세시부
터는 부일에서 釜日映畵賞 審査會가
있어서 밤엔 술.

3월 1일

광인의 결혼이 청탑에서 있었다. 주례 맡아준 우하와 점심을 같이하고 돌아와서 원고를 썼다.

3월 2일

학교에 나갔다. 입학식, 하오 세 시부터는 부일에서 부일영화상 심사회가 있어서 밤엔 술.

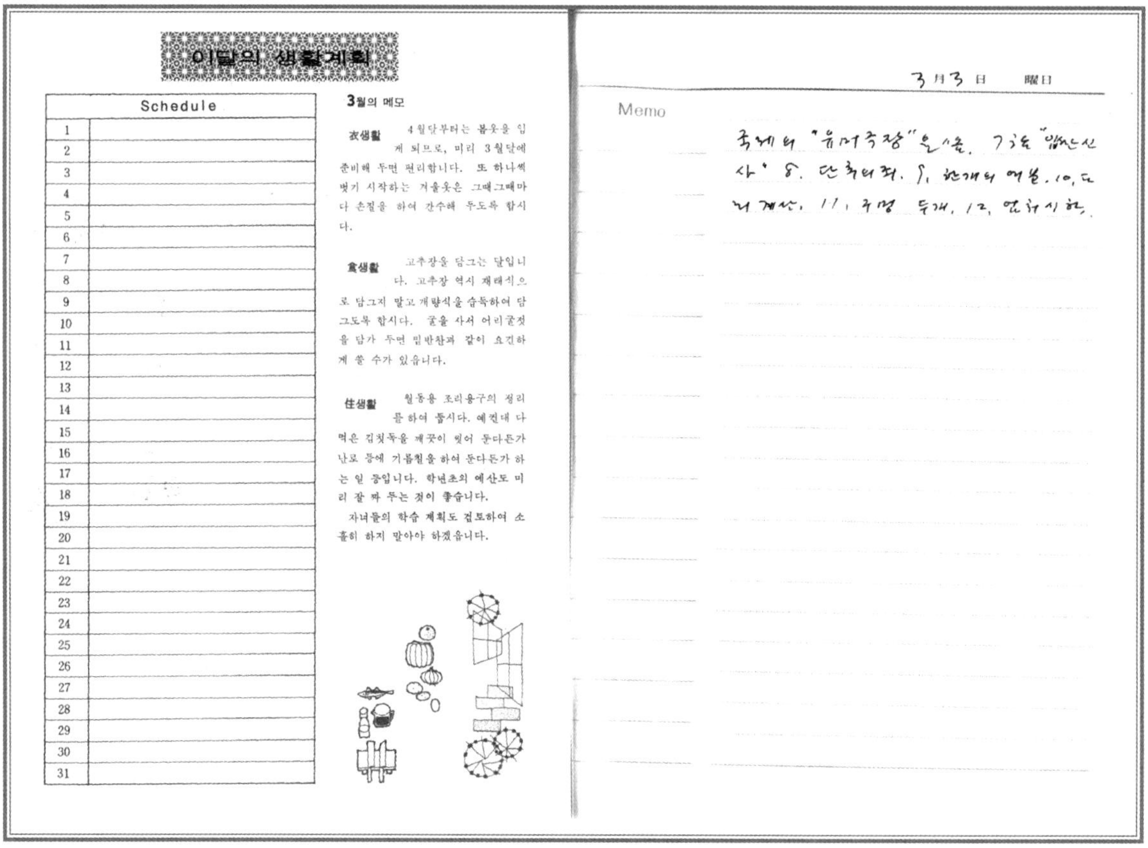

3월 3일

『국제』의 '유머극장'을 씀. 7화 「입 싼 신사」, 8. 「단추의 죄」, 9. 「한 개의 여분」, 10. 「다리 계산」, 11. 「구멍 두 개」, 12. 「엄처시하」.

3월 4일

해운대 극동호텔 예식장에서 윤정희 양의 결혼식 주례를 서주고. 돌아오는 길 해운대여중에 들러 나의 작사, 유신 작곡의 교가 테이프를 들었는데, 곡이 매우 좋았다. 저녁엔 R과 함께 제일식당에 내려가 파적을 먹고 왔더니 은아가 많이 울고 있었다.

3월 5일

날이 새로 춥다. 9시에 있는 금정여중 개학식에 참석, 교가에 대한 이야기를 학생들에 해줬는데 곡은 마음에 들지 않았다. 너무 빠르고 가볍고 해서 교가다운 맛이 없는 것으로 느껴졌다. 거기다 비하면 유신 씨의 해운대여중 것이 훨씬 무게가 있어 좋았다. 동래 내려가는 도중에서 윤정규 군을 만나 최해군 씨와 함께 제일식당에서 술을 마시다가 또 우하 댁에 가서 술을 마셨다.

3월 6일

주택은행 융자 관계 부탁하러 국제의 전상수을 만나러 R과 같이 내려갔다. 같이 점심. 전양이 극장표를 주기로 부영에 〈열망〉을 보러 갔더니 은아가 베드신을 보고서 "누웠다" 어쨌다 큰소리를 지껄이기 때문에 남들에게 미안해서 나와 버렸다. R은 은아 업고서 남천으로 가고. 나는 돌아와 원고 썼다. 밤에 '유머극장' 6회분 쓰고. 13. 「어제 날짜」, 14. 「먼젓것」, 15. 「금 밖으로」, 16. 「남의 속도 모르고」, 17. 「남자들의 손」, 18. 「밧줄 아까워」.

3월 7일

MBC TV에 줄 수필 「봄과 함께 오는 것들」 6매를 써 우송했다. 우하와 점심 같이. 이발. 밤엔 최해군 씨와 같이 술과 저녁.

3月 8日　曜日

Memo

『英雄』원고 썼다. R과
은아와 함께 집 지을 집터에도
가 보고.

Memo

3月 9日　曜日

R이 자기가 산다면서 동래 제일식당
에 내려가 파적과 맥주를 사주었
다. 원고 쓰고.

3월 8일

『영웅』원고 썼다. R과 은아와 함께 집 지을 집터에도 가 보고.

3월 9일

R이 자기가 산다면서 동래 제일식당에 내려가 파적과 맥주를 사주었다. 원고 쓰고.

[handwritten diary entries]

3월 10일

처음으로 학교에 나가 경, 제 두 과에 수업 마치고 시내에 가 양복 가봉하고 집에 돌아오니 감기 끝에 몸살이 났다. 밤엔 많이 아팠다. 장갑상 씨 저 『영화와 비평』 서평 썼다.

3월 11일

몸살이 나서 학교를 쉬었다. 많이 아파 R이 지어 온 한약을 먹었다. 그래도 심심해서, '유머극장' 6일분을 썼다. 19. 「원수의 솥」, 20. 「그 모자」, 21. 「양산은 내 꺼야」, 22. 「바꿔진 명찰」, 23. 「예비죄 성립」, 24. 「걸상 위에서」.

Memo

Memo

3월 12일

몸이 낫지 않아 학교 결근, 약을 마시고 누워있었다. R이 지성을 다해 떡을 사 오고, 게를 사 오고, 말을 사 와 권해 주었다. 『국제』의 '유머극장' 6회분을 썼다. 25. 「같은 빛깔」, 26. 「반 창고 사연」, 27. 「수명의 등잔」, 28. 「샌님의 말로」, 29. 「열쇠 구멍」, 30. 「밤 휘파람」.

3월 13일

오늘도 누워있었다. 역시 R은 지성으로 나를 섬겨준다. 누워있으면서도 가끔 일어나서 '유 머극장' 6회분을 썼다. 한동안 잊고서 다른 일을 하려고서였다. 31. 「이미 늦었어」, 32. 「집으 로 오면」, 33. 「당신 덕분에」, 34. 「소는 소들끼리」, 35. 「걸을 때만」, 36. 「재워줘야죠」.

＊

3월 14일

양복을 찾았다. R, 은아와 같이 시내에 가 탁상 피아노를 사줬다. 길에서 안 사준다고 졸랐다.

밤엔 영평회, 술을 마시고 늦게 돌아오다가 동래역전 파출소에 끌려들어 밤 세 시에 놓여나왔다.

3월 15일

오래간만에 연각을 초청해 제일식당에서 두메, 해군, 정사용, 이주호, 우하와 술을 마셨다.

이발, 종일 흥떵흥떵 놀았다. 술 마신 다음 날은 역시 일을 할 수 없다. 밤에도 일찍 잤다.

학교 강의. 신문에 하보 씨의 사거보 보고 놀랐다. 밤엔 증조부님의 제사.

3월 16일

이발, 종일 흥떵흥떵 놀았다. 술 마신 다음 날은 역시 일을 할 수 없다. 밤에도 일찍 잤다.

3월 17일

학교 강의. 신문에 하보 씨의 사거보 보고 놀랐다. 밤엔 증조부님의 제사.

학교수업. 방(?)을 ... 여러사람들과 조(?), 바람이 ... 극성맞게 부는 날이 있다.

학교강의. 집으로 돌아와 맥주 두병 받아 R과 이야기해가며 마셨다.

3월 18일

학교 수업. 고 하보 댁, 요산, 기타 여러 사람들과 조문, 바람이 극성맞게 부는 날이었다.

3월 19일

학교 강의. 집으로 돌아와 맥주 두 병 받아 R과 이야기해가며 마셨다.

3월 20일

강의는 없었지만, 일이 하기 싫어서 종일 놀고, 밤에는 '유머극장' 3회분을 썼다.

3월 21일

오래간만에 『영웅』을 몇 회 썼다. 월간문학사의 청탁 소설과 해학에 관한 평론 못 써서 언제나 마음이 께름하다.

3월 22일

신동아사 이영우 군이 내려와 전화를 걸어왔기에 동래 제일식당에 가서 우하 불러내어 같이 점심을 했다. 소설 청탁장을 띄워놓았노라는 것이었다. 밤엔 최 선생과 늦도록 막걸리를 마셨다. 『신동아』의 소설, 『월간문학』의 평론 쓸 결심을 해본다. 남천서 할머니가 오셨다.

3월 23일

『부일』에 『영웅』 5회분과 『국제』에 '유머극장' 6회분. 25, 26, 27, 28, 29, 30회분. 지금까지 써놓은 것, 37. 「위험 데이트」, 38. 「어머니 때문」, 39. 「나는 정지만」, 40. 「소변 신호」, 41. 「공짜 방세」, 42. 「파이프들」. 이발.

3월 24일

학교 강의. 오다가 제일식당에 들러 점심 먹다가 R과 할머니를 불러 같이 파적을 먹었다.

3월 25일

학교 강의. 비로소 『월간문학』에 줄 「해학 속의 한국문학」을 쓰기 시작.

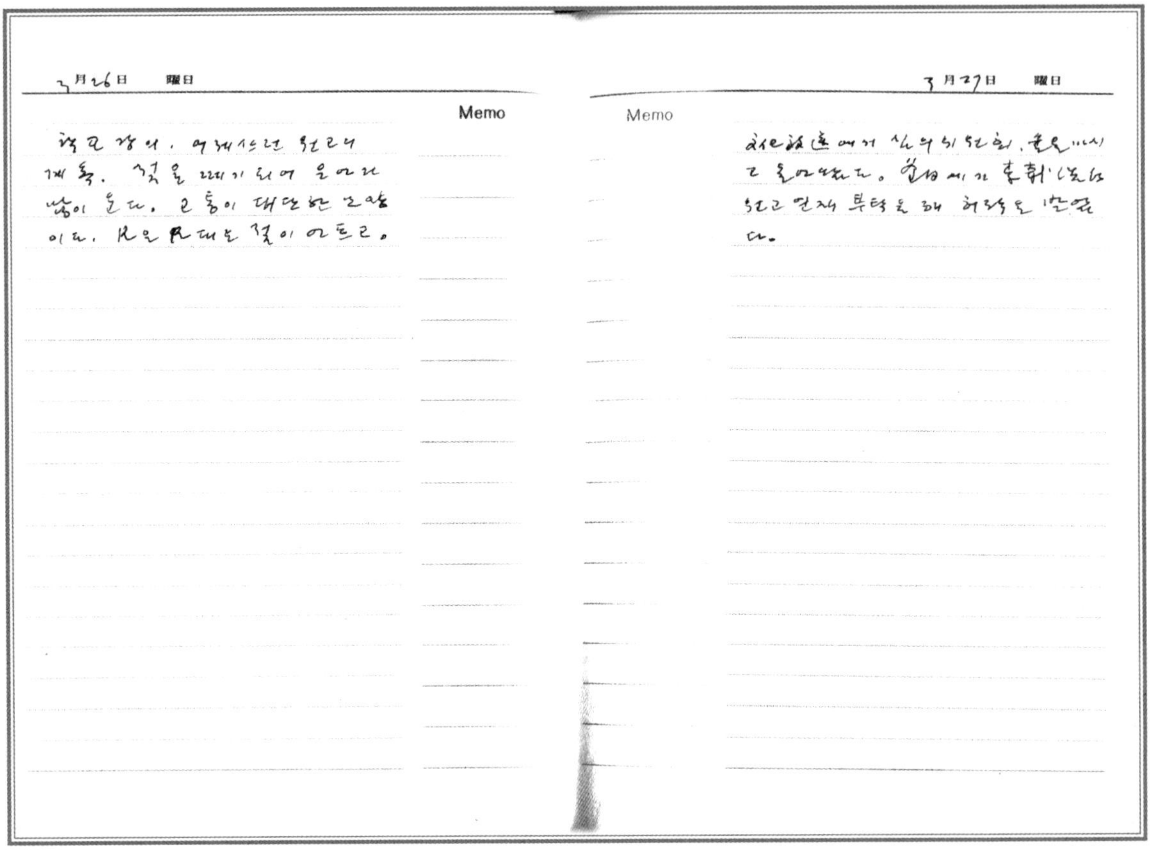

3월 26일

학교 강의. 어제 쓰던 원고의 계속. 젖을 떼게 되어 은아가 많이 운다. 고통이 대단한 모양이다. R은 R대로 젖이 아프고.

3월 27일

문화방송에서 심의위원회. 술을 마시고 돌아왔다. 부일에 가 이재호 씨 원고 연재 부탁을 해 허락을 받았다.

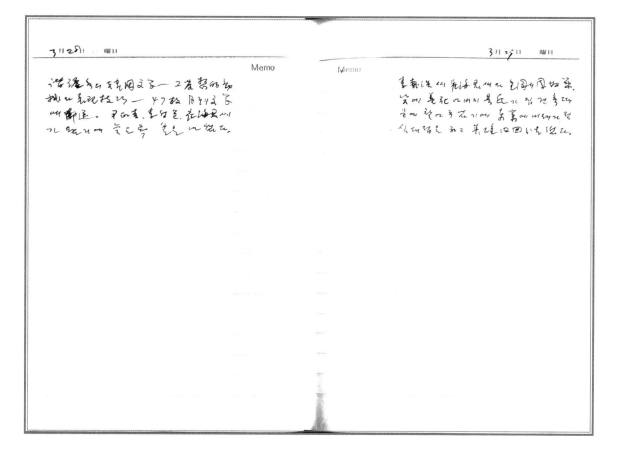

3월 28일

「「해학 속의 한국문학」 – 그 발상적 동기와 표현기교」47매 『월간문학』에 우송. 윤정규, 이성순, 최해군 씨가 왔기에 늦도록 술을 마셨다.

3월 29일

이재호 씨, 최해군 씨와 금강원 산책. 낮엔 선화 아버지 구 씨가 집 건축 때문에 찾아주었기에 동래에 내려가 점심 대접을 하고 『영웅』사 회분을 썼다.

Memo

Memo

3월 30일

『영웅』오 회분, 『부일』에 '유머극장' 육 회분, 31. 「이미 늦었어」, 32. 「집으로 오면」, 33. 「당신 덕분에」, 34. 「소는 소들끼리」, 35. 「걸을 때만」, 36. 「재워줘야죠」 보냄.

3월 31일

학교 강의. 부일에서 원고를 받아오다가 문화부 직원들과 이석우 씨와 술을 대음.

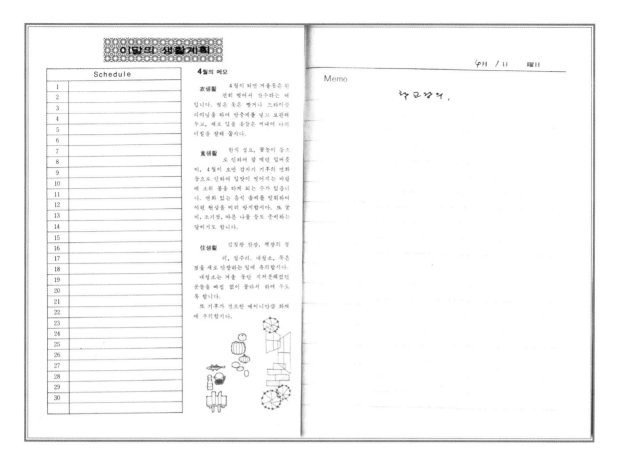

4월 1일

학교 강의.

4월 2일

학교 강의. 『국제신보』에서 원고를 받아 문화부 기자들과 R과 점심 하고 이어서 송재근 씨 등과 술을 하고 돌아옴.

4월 3일

부일영화상 시상식이 부영극장에 있어서 심사보고를 했다. 집에 돌아와서 원고 좀 쓰고.

Memo　　　　　　　　Memo

다음 주에 보낼 '유머극장', 37. 위험데이트
38. 어머니때문, 39. 나는 정지만, 40. 소변신호
41. 공짜방세, 42. 파이프들.　유머극장
원고를 씀.

이발, 일요일이라서 일이 하기
싫어 최선생을 불러 술 마시던 중
정화군이 왔기에 금강園 산책.
밤엔 증조모님의 제사가 있었다.

4월 4일

다음 주에 보낼 '유머극장', 37. 「위험 데이트」, 38. 「어머니 때문」, 39. 「나는 정지만」, 40. 「소변 신호」, 41. 「공짜 방세」, 42. 「파이프들」, '유머극장' 원고를 씀.

4월 5일

이발, 일요일이라서 일이 하기 싫어 최 선생을 불러 술 마시던 중 정화 군이 왔기에 금강원 산책. 밤엔 증조모님의 제사가 있었다.

4月6日　曜日

Memo

정수군에게 줄 "一擊必破"의 표
목을 서울표구점에 맡겼다.

4月7日　曜日

Memo

학교 강의. 이수관 씨에게 금전사
기의거 상의한고 점심대접을 받으
고 와 글을 썼다. 왔더니 중부署에
서 경관이 이 사건 조사를 나와나왔
다. 원고를 썼다.

4월 6일

정수 군에게 줄 "일격필파"의 표구를 서울표구점에 맡겼다.

4월 7일

학교 강의. 이수관 씨에게 금전사기의 건 상의를 하고 점심 대접을 받고 와 글을 썼다. 왔
더니 중부서에서 경관이 이 사건 조사를 하러 나왔다. 원고를 썼다.

4월 8일

『부일』과『국제』에 원고 보냄, 학교 강의, 원고 쓰고.

4월 9일

학교 강의. 오후엔 시에서 문화위원회. 제2분과 위원장 피선. 밤엔 풍산, 요산 다 같이 술을 마시다가 왔다.

4月10日 曜日

Memo

4月11日 曜日

Memo

4월 10일

술 마신 뒷날이어서 종일 누워 놀았다.

4월 11일

종일 원고 씀. 합천서 봉규 군이 왔다. 예상외로 호조의 얼굴. 밤엔 최 선생을 불러 막걸리. 햇불에서 원고독촉 왔으나 못 쓴다고 회답, 『신동아』에 줄 소설 써야겠는데 되는지?

Memo

Memo

4월 12일

일요일, 최 선생 댁에 가서 술 마시고, 다시 집에 와서도.

4월 13일

『신동아』소설을 써야 할 형편이나 봉규 군이 와있어서 시작할 수 없고, '유머극장'만 두서너 회분 썼다. 내일 합천으로 가겠다면서 봉규 군 밤에 준일과 병칠의 집으로 갔다. 대단히 섭섭했다.

4월 14일

『영웅』오 회분, '유머극장', 43. 「코끼리 사냥」, 44. 「결백 신사」, 45. 「그 속도에」, 46. 「악마의 예언」, 47. 「부인 용품」, 48. 「틀린 열쇠」6회분 발송. 집 짓는 일에 대해 상의하러 조의홍 씨를 만나 시멘트 기타 외상으로 얻기로 했다. 집 지을 현지도 구 선생과 같이 R이 가 보았다.

학교 강의.

4월 15일

학교 강의. '유머극장' 원고 씀. 설창수 씨의 아들 맹규 군의 유시집 받고 여러 가지 느끼는 점이 많았다. 재기 있는 청년, 아까움을 금치 못했다.

4月 16日　曜日

학교강의. 신동아 이번엔 소설
을 못쓰겠다고 편지 썼다.

4月 17日　曜日

원고 쓰고.

4월 16일

학교 강의. 『신동아』 이번엔 소설을 못 쓰겠다고 편지 썼다.

4월 17일

원고 쓰고.

4月 18日　曜日

"英雄" 三回분 써 『釜日』에 가져
다 주었다.

4月 19日　曜日

원고 쓰고 있는데 연각이 놀러
왔기에 雨夏댁에게서 놀다 왔다.
집 짓는일에 R은 크게 고생을
하고 있다.

4월 18일

『영웅』삼 일분 써『부일』에 가져다주었다.

4월 19일

원고 쓰고 있는데 연각이 놀러 왔기에 우하 댁에 가서 놀다가 왔다. 집 짓는 일에 R은 크게 고생을 하고 있다.

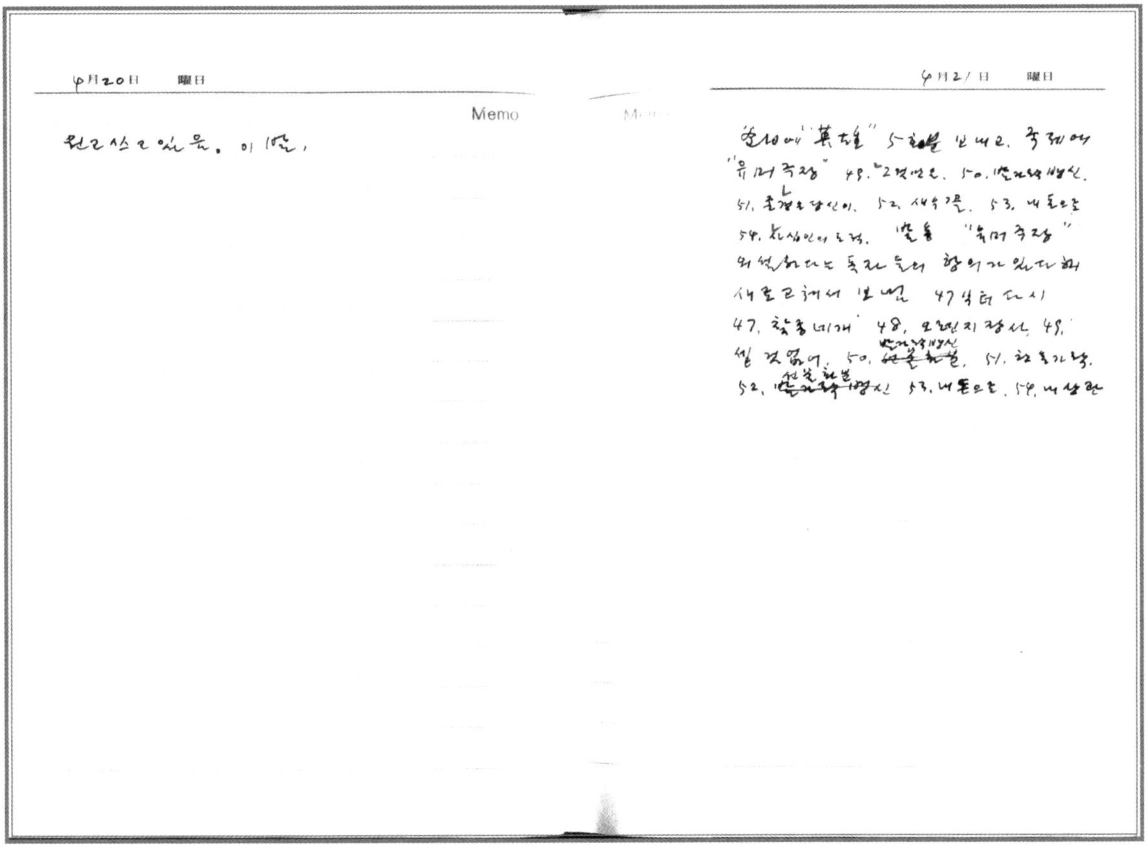

4월 20일

원고 쓰고 있음. 이발.

4월 21일

『부일』에 『영웅』 5회분 보내고, 『국제』에 '유머극장', 49.「그것만은」, 50.「발가락 병신」, 51.「존경은 당신이」, 52.「새우 꼴」, 53.「내 돈으로」, 54.「사십 인의 도적」 발송 '유머극장' 외설하다는 독자들의 항의가 있다 해 새로 고쳐서 보냄 47부터 다시 47.「찻종 네 개」, 48.「오렌지 장사」, 49.「셀 것 없어」, 50.「발가락 병신」, 51.「찬 손가락」, 52.「선물 화분」, 53.「내 돈으로」, 54.「내 상관」.

4월 22일

학교 강의, 문인갑으로부터 무주 구천동 갔던 편지와 시가 왔다.

年年願見九千洞	해마다 구천동을 보기 원하다가
今日訪勝仲春風	오늘에서야 중춘의 바람에 승경처를 방문했네
深溪曲曲三百里	깊은 시내 굽이굽이 삼백 리에 흐르고
水石漸漸妙佳景	수석은 점점 아름다운 경치 기묘하네
春光晚到德裕峰	봄빛에 느지막이 덕유봉에 이르니
高岑陰崖殘雪冰	높은 봉우리 그늘진 벼랑엔 남은 눈 얼어있네
杜鵑未開待五月	두견화는 아직 피지 않아 오월을 기다리고
潺潺澗流玲瓏冷	잔잔하게 흐르는 시냇물은 영롱하고 시원하네
層層奇巖適生松	층층이 기이한 바위에 사는 소나무와 만나고

喬木白骨蕭蕭長　우뚝한 나무의 흰 뼈는 소소히 장구하네

飛瀑急湍琵琶潭　날아가듯 급류의 폭포와 여울은 비파담이요

樹間山葉黃綠芳　나무 사이 산 잎은 황록빛으로 아름답네

千年古刹白蓮庵　천년 고찰인 백련암에는

不見當時九千僧　당시의 구천 명 스님은 보이질 않네

老僧不在少童閑　노승은 사라지고 어린 동자만 한가로우니

山寺春睡佛心空　산사는 봄 졸음으로 불심은 비어가네

여기에 대한 화답시를 곧 지어서 보냈다.

四月某日向破學人惜谷嶽先生　　4월의 어느 날 향파학인이 곡악 선생을 애석해하며
　　　　　　　　　　　　　　　지은 시.

　茂朱九千洞歎　　　　　　　무주 구천동을 탄식한다

釜港村士訪九千　부산항 촌 선비가 구천동을 방문하니

九千洞中摠奪神　구천동 안에서 모두 신을 빼앗은 듯하네

山海密接全疆土　산과 바다가 빽빽하게 모든 강토를 이으니

勝景豈有九千限　승경처를 어찌 구천동으로 한정하겠는가

雲無驕貴任意浮　구름은 교만하고 귀한 것 없이 마음대로 떠다니고

石不擇谷到處轉　돌은 골짜기를 가리지 않고 도처에 구르네

白鳥孕瑞太宗臺　흰 새는 상서로운 태종대를 품고 있고

紅轎行空金剛園　붉은 가마 타고 텅 빈 금강원으로 가네

探美眼目尙廣大　아름다움을 찾는 안목은 여전히 광대하니

獨醉九千甚可憐　홀로 구천동에 취해 매우 안타까워하노라

학교 강의, 원고 쓰고, 밤에 최 선생 불러 술 마시며 놀고. 집 일 진행 중.

종일 원고. 비가 와서 집 공사는 못 함.

4월 23일

학교 강의, 원고 쓰고, 밤에 최 선생 불러 술 마시며 놀고. 집 일 진행 중.

4월 24일

종일 원고. 비가 와서 집 공사는 못 함.

4월 25일

교학사에서『60년 선집』원고.

「청개구리」31매, 「서울서 온 손님」36매 우송. 정숙에게 신문 우송.

원고 쓰고. 저녁나절엔 시내에 가서 우하 영애 민화 양의 결혼식에 선사할 앨범을 사가지고 왔다.

4월 26일

동원예식장에 가 우하의 영애 민화 양의 결혼식에 참석했다가 최해군, 윤정규 씨와 동서서 술 마시고 또 문화반점에 와서 술 마시고 놀았다.

4월 27일 曜日

花田에『英雄』회분, 계몽사로
海東으로 돌아다니며 돈 못 受고 와
이발, 敎材硏究.

4월 28일 曜日

학교강의, 권상원씨가 술을
내어서 종일 같이 다니며 함께
시었다.

4월 27일

『부일』에 『영웅』오 회분 가져다주고, 계몽사에 갔다가 돈 못 받고 와 이발, 교재 연구.

4월 28일

학교 강의. 권상원 씨가 술을 내어서 종일 같이 다니면서 술 마시었다.

4월 29일

학교 강의. 『국제』, '유머극장', 55. 「존경은 당신이」, 56. 「전화기 공사」, 57. 「그것만은」, 58. 「40인의 도적」, 59. 「부자 술친구」, 60. 「107」.

4월 30일

학교 강의. 부일, 국제 고료 받고, 송재근, 최계락, 김규태 군 등과 점심 같이하고, 내일이 은아 생일이기에 뭐든 사려 하고 백화점엘 두세 곳 들리었으나 마땅찮아 그냥 왔다.

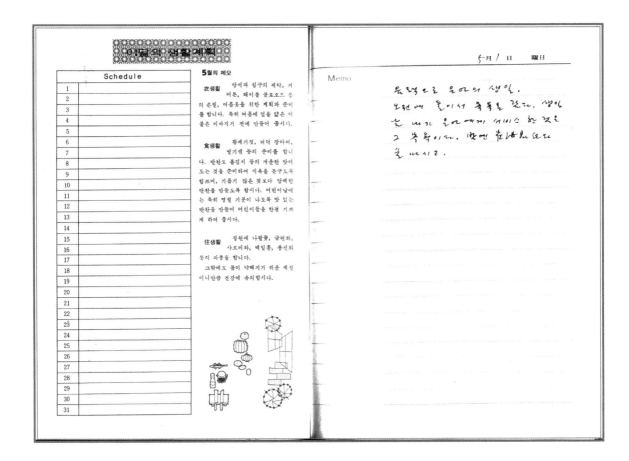

5월 1일

음력으로 은아의 생일.

오전에 둘이서 목욕을 갔다. 생일날 내가 은아에게 서비스한 것은 그 목욕이다. 밤엔 최해군 씨와 술 마시고.

5月3日 曜日

Memo

오룬대 예굿大 의 문協슘. 14.5 모링
집에 돌아와서선 고단해서 일직 잤다.

Memo

5月4日 曜日

밤에 判事 李根성 씨로 나 같이
술 마시고 놀았다.

5월 3일

오룬대에서 문협의 야유회. 14, 5명. 집에 돌아와서선 고단해서 일찍 잤다.

5월 4일

밤에 판사 이근성 씨를 만나 같이 술 마시고 놀았다.

Memo

Memo

피곤해서 종일 쉬었다. 박승재군
이 창희의 취직 알선 관계로 왔기
에 같이 점심 먹으며서 놀았다.

집에서 원고 씀.

5월 5일

피곤해서 종일 쉬었다. 박승재 군이 창희의 취직 알선 관계로 왔기에 같이 점심 먹으면서 놀았다.

5월 6일

집에서 원고 씀.

5월 7일

학교 강의, 점심은 제일식당에서 우하와.

5월 8일

『국제』에 '유머극장' 5편 보냄, 61. 「부인」, 62. 「이 년 전 일」, 63. 「소줏값」, 64. 「도깨비 방」, 65. 「토끼상」.

낮엔 삼성출판사 지사장 김 씨를 만나 점심 대접을 받았다. 집에 와서 원고를 쓰고 있자, 이수관 씨의 전화가 왔는데, 최계락 군은 진단 결과 간암이라는 것이다. 마음이 슬퍼서 일을 하면서도 내내 그 일에만 생각이 빼앗겼다. 인생이란 이렇게 허무한 것일까. 부디 사는 길이 있기를 빌고 싶었다. R이 과로의 탓으로 누워있기에 마음이 아팠다.

Memo

Memo

5월 9일

『부일』에 원고 주고, 요산, 이종석, 송재근 등 제씨와 복음병원에 입원 중인 계락 군 위문을 갔다. 어제 들은 일이 있어서 까만 얼굴을 대하니 처량한 생각이 자꾸만 들었다. 새집엔 상량식. 나는 가지 않고, R만이 가서 일을 다 치렀다. 떡하고 돼지고기 사고.

5월 10일

연일 비가 온다. 연각, 우하 두 분 놀러 오고, 또 윤정규 군도, 밤엔 학생들까지 와서 놀다 갔다.

윤정규 군 왔기에 금강원 산책, 雨荷 댁에 가서 술 마시고.

학교에 나갔다가, 중제신보 어린이……

5월 11일

윤정규 군 왔기에 금강원 산책, 우하 댁에 가서 술 마시고.

5월 12일

학교에 나갔다가, 『국제신보』 어린이 문학상 수상식에 심사평 하고, 밤엔 수상교인 동래국 민교 교장이 초청하는 술을 마셨다.

5월 13일

최 선생이 쓴 「유방」 고쳐서 우송, 술 마신 다음 날이어서 종일 기운이 없었다.

5월 14일

원고 씀. 오후엔 은아와 R과 금강원 산책. 한이 앓는다기에 R과 최 선생 댁에 갔다가 왔다.

가다. 개교기념일. 二十년근속 표창
받다 메달은 탐. 밤엔 교육과
교수들이 주최해준 축하술은
마시고.

원고 씀. 새집 이 층 올리는 걸
구경했다.

5월 15일

수대 개교기념일, 이십 년 근속 표창장과 메달을 탐. 밤엔 교육과 교수들이 주최해준 축하 술을 마시고.

5월 16일

원고 씀. 새집 이 층 올리는 걸 구경했다.

5월 17일

일요, 최 선생과 수대에 가서 학생들의 연극 연습하는 것을 구경했다. 설영 군과 셋이. 해운대에 가서 점심, 다시 동래에 와서 맥주, 우하 댁에 가서도, 을유문화사에 『수호지』인지 2,500매 보냄.

5월 18일

『국제』에 보낸 '유머극장'. 66. 「결혼반지」, 67. 「시계 값」, 68. 「무슨 까닭」, 69. 「어머니 」, 70. 「남은 이년」, 71. 「대왕의 하사」.

강의. 『부일』에 원고 가져다주고 왔다.

샘터사에 원고 「물버너 뒷길」 우송,

5월 19일

강의.『부일』에 원고 가져다주고 왔다.

5월 20일

샘터사에 원고 「시비의 뒷길」 우송.

Memo

[handwritten diary entry]

Memo

[handwritten diary entry]

5월 21일

학교에 나가지 않았음. 낮엔 연각, 두메 등 제씨 놀다가 가고 밤엔 청탑에서 있는 눌원문화상 심사에 나감. 수상자 이형섭, 박원표.

5월 22일

오전에 법원의 이성근 판사를 만나고. 오후엔 원고 쓰다가 밤에 윤정규 군과 수대에 가서 개교기념 연극 〈사랑은 죽음과 함께〉를 보았다. 예상외의 좋은 성적.

원고 써서 신문사에 갖다주고 와
밤엔 우하와 술.

Memo

일요일, 동원예식장에 있는 요산 영애의 결혼식에 갔다가, 황산, 정규, 성문 등과 복음병원에 입원해 있는 최계락 군을 위문하고, 오는 길엔 여럿이서 밤까지 술을 마시며 즐겼다.

5월 23일

원고 써서 신문사에 갖다주고 와 밤엔 우하와 술.

5월 24일

일요일, 동원예식장에 있는 요산 영애의 결혼식에 갔다가, 황산, 정규, 성문 등과 복음병원에 입원해 있는 최계락 군을 위문하고, 오는 길엔 여럿이서 밤까지 술을 마시며 즐겼다.

Memo

Memo

5월 25일

　내일 『국제』에 갖다 줄 '유머극장' 6회분 썼다. 72. 「그것이라고」, 73. 「나쁜 버릇」, 74. 「기도 실패」, 75. 「뱃선가」, 76. 「그게 나빠요」, 77. 「부의금」. 경호 모의 전화에 봉규 군은 병이 악화, 이제는 매일 마취주사만 한다니 목숨도 머지않은 것 같아 마음이 아프다. 그 일만 생각하면 일이 손에 잡히질 않는다.

5월 26일

　학교 강의, 집에 와 글을 썼다. 이발!

5월 27일

강의, 집에 돌아와 글 쓰고 은아 데리고서 목욕 갔다 왔다.

5월 28일

학교 강의, 집이 차츰 되어 간다. 밤엔 이장희 소령이 술을 내어서 서면서 놀다가 왔다.

5月29日 曜日

Memo

Memo

5月30日 曜日

5월 29일

『부일』에 원고 가져다주고 송재근 씨와 점심 먹고 와 원고를 썼다. 집 건축, 예쁘게 되어 가는 중.

5월 30일

『국제』에 보낸 '유머극장'. 78. 「손수건」, 79. 「딱정벌레」, 80. 「끈 하나」, 81. 「악마한테」, 82. 「맥주통」.

봉규가 병이 재발해 수의까지 만들어 놓았다는 소식이기에 생전에 한 번 보러 합천에 갔다. 서서 다니기는 병색은 짙을 대로 짙어 있어, 어떻게 보면 성한 사람 같지 않은 피색이었다. 참으로 언짢아서 여러 가지 말로 밤엔 술을 마시면서 위로해주었다. 그만큼 봉규는 무한히 기쁜 모양이다.

Memo

Memo

5월 31일

　봉규는 아침 일찍이 마당을 쓸고 있었다. 췌장암 수술했던 게 재발한 모양으로 자기는 뭔지 모르나 배가 딴딴하고, 자주 아파서 하루 한 번씩 진정제를 먹지 않으면 안 된다고 한다. 기적같이 살기를 빌어 마지않았다.

6월 1일

원고 쓰고, 오후엔 은아 데리고 온천극장엘 갔으나 은아는 아이스케이크 두 개만 졸라서 사 얻어먹고 나가자기에 그만 나와 버렸다.

학교강의. 집에와 원고쓰고.
이발.

학교강의. 미국공보원에서 名画展.
부산공보원에서 秋淵權씨나기2ゟ
展 보고 와서 원고를 썼다.

6월 2일

학교 강의, 집에 와 원고 쓰고, 이발.

6월 3일

학교 강의, 미국 공보원에서 명화전, 부산 공보원에서 추연권 씨의 개인전 보고 와서 원고를 썼다.

6月 4日　曜日

Memo

Memo

6月 5日　曜日

6월 4일

학교 강의. 박○팔 씨 춘부장 별세의 소식 듣고. 전찬일 선생과 조문. 윤정규 군이 원고 부탁한 것 다 써가지고 왔기에 밤에 최 선생과 함께 술을 마셨다.

6월 5일

국제신보에 가서 고료 받아 김규태 군과 점심 먹고, 오후엔 연각이 왔기에 우하 댁에 가서 술 마시고 왔다.

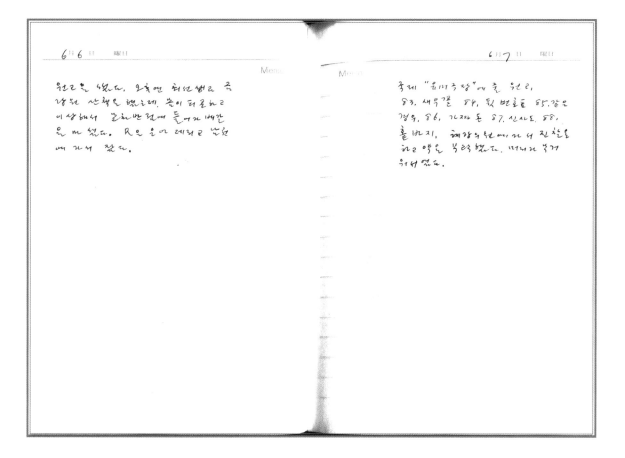

6월 6일

원고를 썼다. 오후엔 최 선생과 금강원 산책을 했는데, 몸이 피곤하고 이상해서 문화반점에 들어가 배갈을 마셨다. R은 은아 데리고 남천에 가서 잤다.

6월 7일

『국제』'유머극장'에 줄 원고, 83.「새우 꼴」, 84.「뒷 번호표」, 85.「같은 경우」, 86.「가짜 돈」, 87.「신사도」, 88.「홑바지」. 혜강의원에 가서 진찰을 하고 약을 부탁했다. 머리가 무거워서였다.

Memo

Memo

원고 쓰고. 이발.

학교강의, 황산이주는 약은거지고
왔다.

6월 8일

원고 쓰고, 이발.

6월 9일

학교 강의. 황산이 주는 약을 가지고 왔다.

6월 10일[2]

비가 와서 집 공사는 못 하고. 학교 강의. 집에 와서 원고 쓰고.

6월 11일[3]

학교 강의, 우하와 제일식당에서 술 마시고.

---

2) 원문의 9월 10일은 6월 10일의 오기.
3) 원문의 9월 11일은 6월 11일의 오기.

(handwritten diary entries)

6월 12일

종일 놀다가 밤엔 로열양식점에서 수대 연극부 학생 간담회에 가고. 끝엔 윤정규, 김규태, 정화 군 등과 술을 마셨다.

다음에 줄 '유머극장'. 89. 「악처의 시조」, 90. 「지렁이 요리」, 91. 「영화 구경」, 92. 「명랑 소녀」, 93. 「만두 대포」, 94. 「전신주 주의」, 95. 「차가운 손」, 96. 「생일잔치」, 97. 「금혼식 밤」, 98. 「다른 쪽」, 99. 「쫓겨난 거지」, 100. 「화해를 뭘로」.

6월 13일

술 마신 뒷날이어서 오전엔 놀고 오후에 원고 씀.

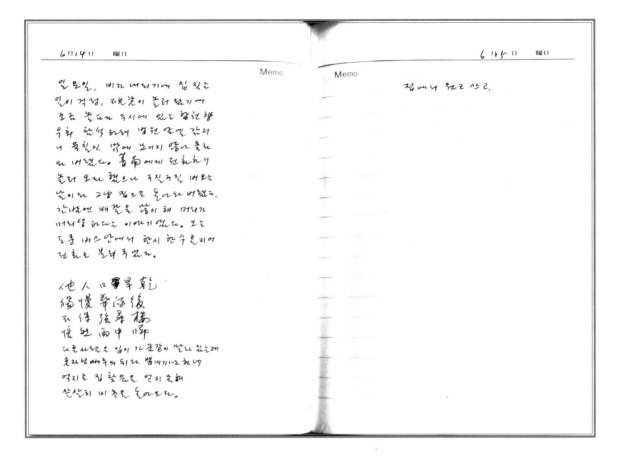

6월 14일

일요일, 비가 내리기에 집 짓는 일이 걱정, 연각이 놀러 왔기에 조금 놀다가 두 시에 있는 합천 향우회 참석하려 법원 앞엘 갔더니 육칠 인밖에 모이지 않아 올라와 버렸다. 청남에게 전화하니 놀러 오라 했으나 구질구질 비 오는 날이라 그냥 집으로 돌아와 버렸다.

간밤엔 배갈을 많이 해 머리가 머리뚱하다는 이야기였다. 오는 도중 버스 안에서 한시 한 수를 지어 전화로 불러 주었다.

他人口旱乾　　다른 사람은 입이 가뭄같이 말라 있는데
獨慢華酒後　　혼자선 빼주의 뒤라 뽐내기만 하네
不得強尋樓　　억지로 집 찾음을 얻지 못해
悵然雨中歸　　쓸쓸히 빗속을 돌아오다.

6월 15일

집에서 원고 쓰고.

6월 16일

학교 강의. 이발.

6월 17일

아침 아홉 시 관광호로 상경. 을유에 들러서 가지고 간 『영웅전』 원고 주고, 원수 형과 만나 놀다가, 밤엔 안춘근 씨와 셋이서 술을 마시고, 사당동으로 이사 간 원수 형 집에 같이 가 잤다.

Memo　　　　　Memo

6월 18일

을유에서 약간의 돈 받아 안, 이 양 씨와 같이 점심 먹고, 오후엔 월간문학사에 가 김영일 형을 만나, 고료도 받고, 밤에 안춘근 씨와 넷이서 술, 청진동에 있는 여관에서 영일 형과 같이 잤다.

6월 19일

아침 비둘기호로 귀부, 그동안 비가 연일 왔지만 집 공사는 상당히 진전이 있었다. 은아에게 서울서 산 옷을 입혀줬더니 몹시 기뻐했다.

집에서 원고 씀. 집은 벌써 담을
쌓고 있었다. 4C大학報에 줄
원고 八枚를 썼다.

Memo

인요인. 英雄傳 원고를 좀
고치다 崔海軍. 朴承載 들과 놀
었다.

6월 20일

집에서 원고 씀. 집은 벌써 담을 쌓고 있었다. 『수대학보』에 줄 원고 팔 매를 썼다.

6월 21일

일요일. 『영웅전』 원고를 좀 고치다가 최해군, 박승재 들과 놀았다.

종일 원고 썼으나 잘 나가지
않는다.

학교강의 . 박? 술이 술을내
어서 최해군 씨 . 西面에가 놀
다가 왔다

6월 22일

종일 원고 썼으나 잘 나가지 않는다.

6월 23일

학교 강의. 박승재가 술을 내어서 최해군 씨와 서면에 가 놀다가 왔다.

학교강의. 日本에서 金子昇씨가
中國笑話選을 보내주었다.

학교강의, 시내에 학장과같이
나가 水大 美展 구경하고, 저녁엔
"초록별" 표지 그린것 가지고 시내
로 가 남성국민학교 교장과 김상련
씨에게 주고 술을 마셨다.
작품 대만족.

6월 24일

학교 강의. 일본에서 가네코 노보루 씨가 『중국소화선』을 보내주었다.

6월 25일

학교 강의, 시내에 학장과 같이 나가 수대 미전 구경하고, 저녁엔 『초록별』 표지 그린 것 가지고 시내로 가 남성국민학교 교장과 김상련 씨에게 주고 술을 마셨다. 작품 대만족.

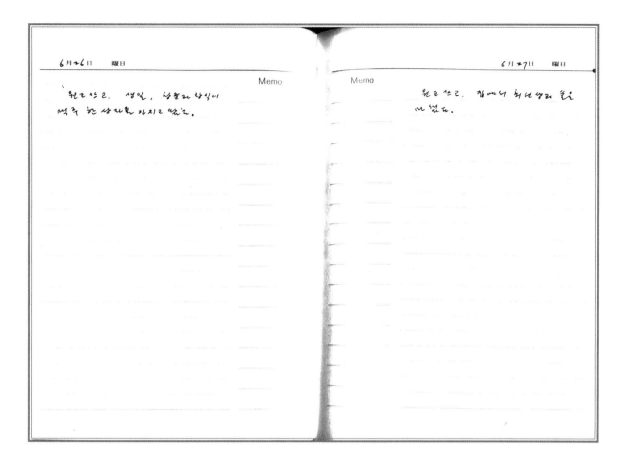

6월 26일

원고 쓰고, 생일, 창균과 창식이 맥주 한 상자를 가지고 왔다.

6월 27일

원고 쓰고, 집에서 최 선생과 술을 마셨다.

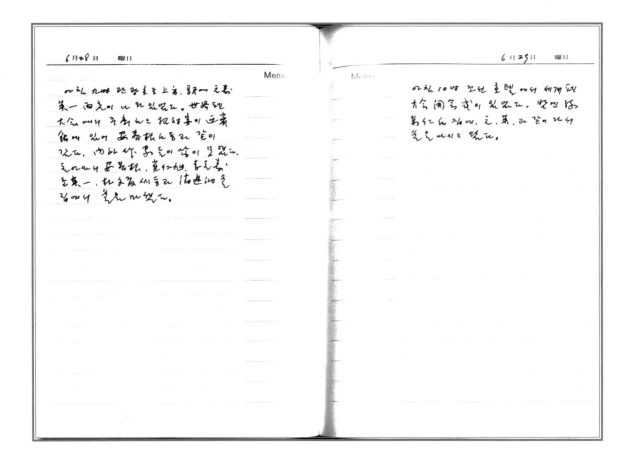

6월 28일

아침 아홉 시 관광호로 상경. 역에 원수, 영일 양 형이 나와 있었다. 세계펜대회에서 주최하는 초대연이 영빈관에 있어 안춘근 씨 등과 같이 갔다. 내외 작가들이 많이 모였다. 돌아와서 안춘근, 최인욱, 이원수, 김영일, 박문하 씨 등과 청진동 술집에서 술을 마셨다.

6월 29일

아침 10시 조선호텔에서 세계펜대회 개회식이 있었다. 밤엔 손동인 씨 집에 원, 영과 같이 가서 술을 마시고 왔다.

Memo

Memo

6월 30일

아침 아홉 시 관광호 열차로 귀부, 집 공사는 거의 되어 있었다. 내일은 이사를 할 예정이라 함.

7월 1일

새집에 이사를 했다. 정정화, 박승재, 김정한 군 들이 수고했다. 나는 신문소설이 급해서 최 선생 집에 가 써서 『부산일보』에 가져다주고.

Schedule

1	
2	
3	
4	
5	
6	
7	
8	
9	
10	
11	
12	
13	
14	
15	
16	
17	
18	
19	
20	
21	
22	
23	
24	
25	
26	
27	
28	
29	
30	
31	

7월의 메모

衣生活 장마 중 집구 둘의 손질을 하고 의복 들에 햇볕과 바람을 쇠입니다. 수영복도 깨끗이 손질해 둡시다.

食生活 오이지를 담그고 토마토 케첩 등을 만들 철입니다. 신선한 요리를 만들어 여름철 더위에 시달린 식구들의 마음을 기쁘게 해주고 건강을 회복시켜 주어야 합니다. 대체로 음식은 샐러드류가 계절에 알맞습니다.

住生活 7월과 8월은 장마철입니다. 장마 중에 수채, 기와 등의 이상이 있으면 곧 수리해 둡시다. 그밖에도 여름철 남량기구(선풍기, 부채) 등의 준비, 정원의 정리, 전염병 예방을 하여 모기와 파리의 박멸, 학기말을 당한 어린이들의 자습 복습 등에도 유의합시다. 이때 쯤되면 자녀들의 마음이 헤이해지기 쉽고 학습에도 게을러지는 수가 많은 때입니다.

Memo

별로 한 일 없고.

7월 2일

별로 한 일 없고.

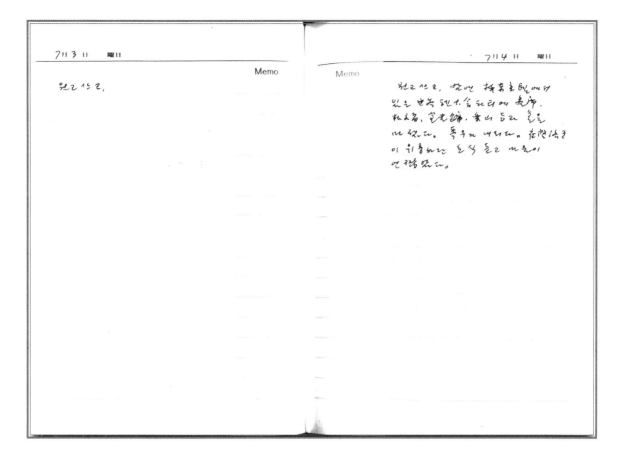

7월 3일

원고 쓰고.

7월 4일

원고 쓰고, 밤엔 극동호텔에서 있은 세계펜대회 파티에 참석.

박문하, 전광용, 요산 등과 술을 마셨다. 폭우가 내리다. 최계락 군이 위중하단 소식 듣고 마음이 언짢았다.

7월 5일

오전 열한 시경에 최해군 씨의 기별에 의해 최계락 군이 사거했다는 기별이다. 참으로 안되었다. 너무도 짧게 살다가 갔다. 우하와 해군 집에 가서 조문하고 황산 집에 가서 맥주 마시고 돌아왔다.

7월 6일

하오 네 시 공원묘지로 최계락 군의 장례에 참석, 그길로 김혜성, 허창 씨와 시내로 바로 가 술을 마시고 돌아왔다. 아침에 고 최 군에 대한 조문 「꽃씨 속으로 들어가는 최계락이」 8매 쓰고, 『국제신보』에 전했다.

Memo

Memo

7월 7일

학교에 가 시험 치고, 돌아와 일찍 쉬었다.

7월 8일

학교에 나가 시험 감독, 돌아와 소설 원고를 썼다.

7月9日 曜日

Memo

원고 쓰고.

Memo   7月10日 曜日

원고 쓰고.

7월 9일

원고 쓰고.

7월 10일

원고 쓰고.

302 이주홍 일기 1

7月11日 曜日

Memo

원고 쓰고.

Memo

일요일. 이사 턱으로 몇 분 청했는데
뜻밖에 서울서 이원수 형과 "은방울
금방울" 동시집을 낸 유성윤씨가
와서 즐겁게 놀았다. 그밖에 김
연각, 용기, 최재훈, 배익우, 조의홍
이종식씨 등.

7月12日 曜日

7월 11일

원고 쓰고.

7월 12일

일요일. 이사 턱으로 몇 분 청했는데 뜻밖에 서울서 이원수 형과 『은방울 금방울』 동시집을 낸 유성윤 씨가 와서 즐겁게 놀았다. 그 밖에 김연각, 용기, 최재훈, 배익우, 조의홍, 이종식 씨 등.

7월 13일

기말시험 답안지 채점. 남천 의순의 아버님 교통사고로 입원한 데 R과 은아 갔다. 병세 위경, R은 밤에 돌아오지 않았다. 해군 씨와 우하 댁에 가서 술을 마시다 왔다.

7월 14일

박원표 씨가 만나자기에 명송에 가 점심 먹고, 그의 저서 『부산 변천기』 표지의 청탁을 맡았다. 집에 와 원고 쓰고. 『수대학보』에 줄 「작은 빛의 문」

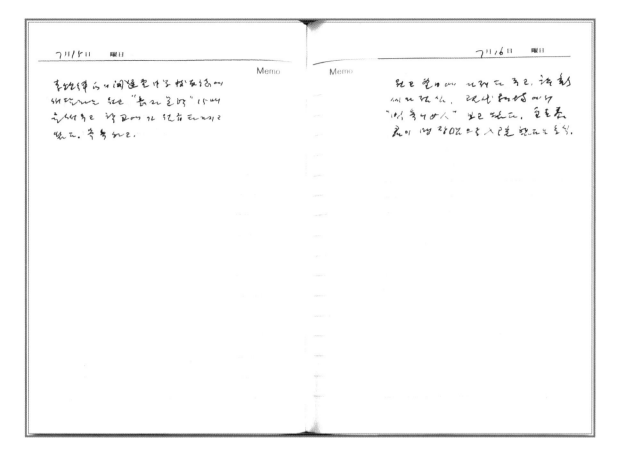

7월 15일

이종률 씨의 개운중학 교우지에 써달라는 원고 「흙과 문학」 15매를 써 주고 학교에 가 월급 타가지고 왔다. 목욕하고.

7월 16일

원고 『부일』에 가져다주고, 허창 씨와 점심. 현대극장에서 〈빗속의 여인〉 보고 왔다. 김규태 군이 맹장염으로 입원했다는 소식.

7月17日　曜日

로로종로로 침례병원에 가 위문.

Memo

Memo

7月18日　曜日

벌써 한 달 째나 내리는 비,
오늘은 大雨. 원고 쓰고,
각처에 水害가 이만저만 아니
다.

7월 17일

김규태 군을 침례병원에 가 위문.

7월 18일

벌써 한 달째나 내리는 비, 오늘은 대우, 원고 쓰고, 각처에 수해가 이만저만 아니다.

이발, 원고 쓰고. 오후엔 尹
廷珪군이 놀러 왔기에 崔海軍
씨 불러 같이 술 마시고 놀았
다.

『부일』에 원고 가져다 주고. 靑山
학원에 연각을 찾아가 점심을 대접을
받고 돌아와 원고를 썼다.

7월 19일

이발, 원고 쓰고, 오후엔 윤정규 군이 놀러 왔기에 최해군 씨 불러 같이 술 마시고 놀았다.

7월 20일

『부일』에 원고 가져다주고, 청산학원에 연각을 찾아가 점심을 대접을 받고 돌아와 원고를 썼다.

7월 21일

밤에 교육과 교수들이 회음하는 범일동 술집에 가 맥주를 대음.

7월 22일

술 마신 뒷날이 되어서 종일 놀았다.

종일 원고 쓰다가 심심해서
저녁나절엔 崔 선생과 탁주를
마셨다.

Memo

朴元杓씨의 "釜山 變遷記" 表紙·
그려 太和에 전하고 왔다.

7월 23일

종일 원고 쓰다가 심심해서 저녁나절엔 최 선생과 탁주를 마셨다.

7월 24일

박원표 씨의 『부산 변천기』 표지 그려 태화에 전하고 왔다.

7월 25일

원고 쓰고, 아침엔 우하에게 가 몸 진찰을 하고.

7월 26일

이발. 집 신축 기념으로 술. 우하, 최해군, 송재근, 이성순, 김규태, 윤정규, 전상수, 여러 사람들이 술 마시고 놀다가 갔다.

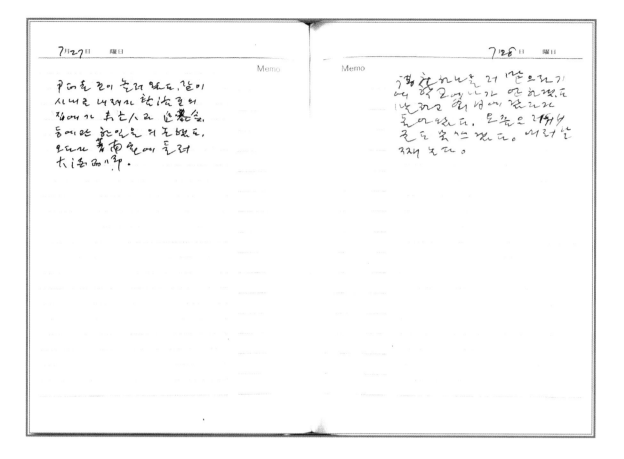

7월 27일

윤정규 군이 놀러 왔다. 같이 시내로 내려가 계락 군의 집에 가 미망인과 추모회 등에 관한 일을 의논했다. 오다가 청남 댁에 들러 대주이귀(大酒而歸).

7월 28일

강좌 하나를 더 맡으라기에 학교에 나가 안 하겠다 말하고 부일에 갔다가 돌아왔다. 요즘은 더워서 글도 못 쓰겠다. 여러 날째 논다.

7月29日　曜日

Memo

원고 쓰고.

7月30日　曜日

Memo

원고 쓰고, 밤엔 시내에서 이
석우 씨 만나 술 마시고 왔
다. 낮엔 홍비, 노영덕씨
가 왔다가 가고.

7월 29일

원고 쓰고.

7월 30일

원고 쓰고, 밤엔 시내에서 이석우 씨 만나 술을 마시고 왔다. 낮엔 요산, 노영덕 씨가 왔다
가 가고.

7￦의에 가서 고료 찾고, R, 은아.
할머니 와 함께 와싼 극장에
가서 디즈니 영화 "피터펜"은
보고 왔다.

Memo

7월 31일

부일에 가서 고료 찾고, R, 은아, 할머니와 함께 문화극장에 가서 디즈니 영화 〈피터팬〉을 보고 왔다.

Schedule	
1	
2	
3	
4	
5	
6	
7	
8	
9	
10	
11	
12	
13	
14	
15	
16	
17	
18	
19	
20	
21	
22	
23	
24	
25	
26	
27	
28	
29	
30	
31	

이달의 생활계획

8월의 메모

衣生活　여름 방학이 끝나고 새 학기가 시작됩니다. 새학기에 입을 옷을 미리 장만해 둡시다. 장마가 지난 뒤에는 모든 옷과 침구를 볕에 말려서 곰팡이가 피지 않게 합니다. 흰옷은 표백제를 써서 세탁하고 빨래는 밀려서 쌓여 있게 되면 곰팡이가 나기 쉬우므로 제때에 세탁해 두도록 합니다.

食生活　호박 오가리 등을 만들어 먹을 시기입니다. 만약 캠핑을 가는 경우는 미리 계획을 잘 따서 영양 식단을 꾸밉시다.

住生活　정원의 손질을 철저히 해 둡시다. 그밖에 김장 씨앗 뿌리기, 더위 문안 다니기(문중, 지인, 존장) 등의 행사가 있습니다. 더위 문안을 다닐 때에는 빈손으로 가는 것보다 부채나 과일 등을 가지고 가는 것이 좋습니다.

Memo

우흔ㄹ 산ㄹ,

8월 1일

원고 쓰고.

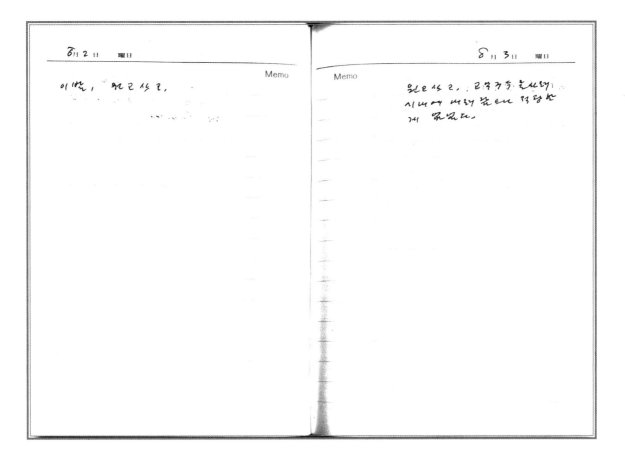

8월 2일

이발, 원고 쓰고.

8월 3일

원고 쓰고, 고무 구두를 사려 시내에 내려갔으나 적당한 게 없었다.

8월 4일

해인사에 들어가기 위해 합천에 가서 잤다. 봉규 군의 얼굴은 못 볼 정도로 병색이 짙어 있었다. 참으로 마음이 아팠다. 산소에 갔다가 온 밤엔 술을 마시느라 오래까지 놀았다.

8월 5일

해인사에 도착. 홍도여관에 들었다. 소설을 두어 편 써가지고 나오기 위해서다.

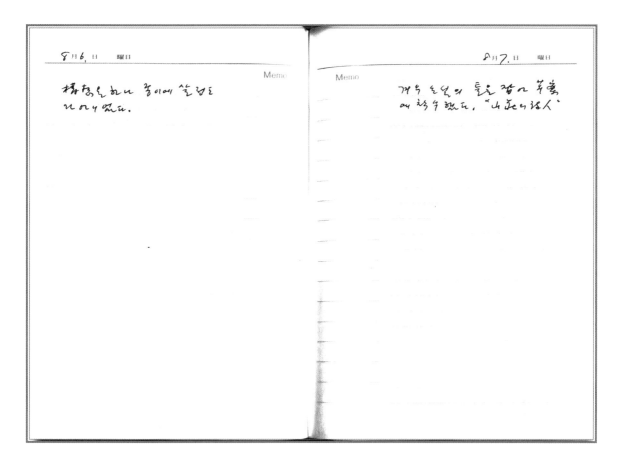

8월 6일

구상을 하나 종이에 쓸 정도가 아니었다.

8월 7일

겨우 소설의 틀을 잡아 초안에 착수했다. 「산장의 시인」.

Memo

Memo

8월 13일

소설 「산장의 시인」을 쓰고, 「습지」의 초안을 마치고 버스로 대구 경유 집으로 돌아왔다. 집은 무사, 은아는 무척 내가 돌아온 것을 좋아했다. 밤엔 최해군 씨와 술.

8월 14일

『부일』의 『영웅』 쓰기 시작.

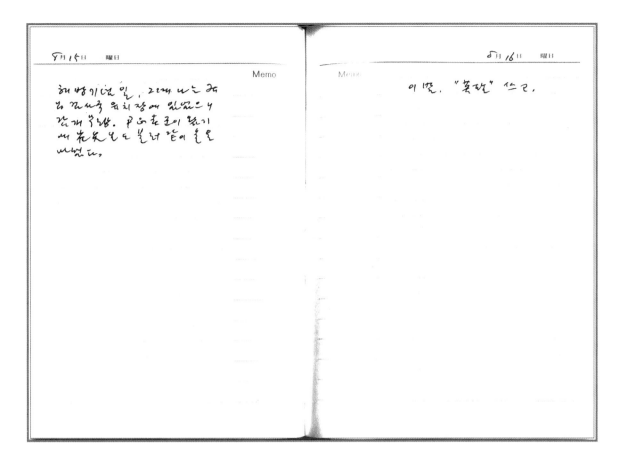

8월 15일

해방기념일. 그때 나는 거창 검사국 유치장에 있었으니 감개무량. 윤정규 군이 왔기에 최선생도 불러 같이 술을 마셨다.

8월 16일

이발. 『영웅』 쓰고.

8月17日 曜日

Memo

춘방에 "영웅" 보내고. "山莊의
詩人" 淨書 하기 시작.

8月18日 曜日

Memo

"山莊의 詩人" 淨書 계속.

8월 17일

『부일』에 『영웅』 보내고, 「산장의 시인」 정서하기 시작.

8월 18일

「산장의 시인」 정서 계속.

"산장의 시인" 정서 겨우 마치자
서울서 이원수 형이 내려왔다.
같이 금강원 산책.

Memo

Memo

"산장의 시인" 정서.

8월 19일

「산장의 시인」 정서 겨우 마치자 서울서 이원수 형이 내려왔다. 같이 금강원 산책.

8월 20일

「산장의 시인」 정서.

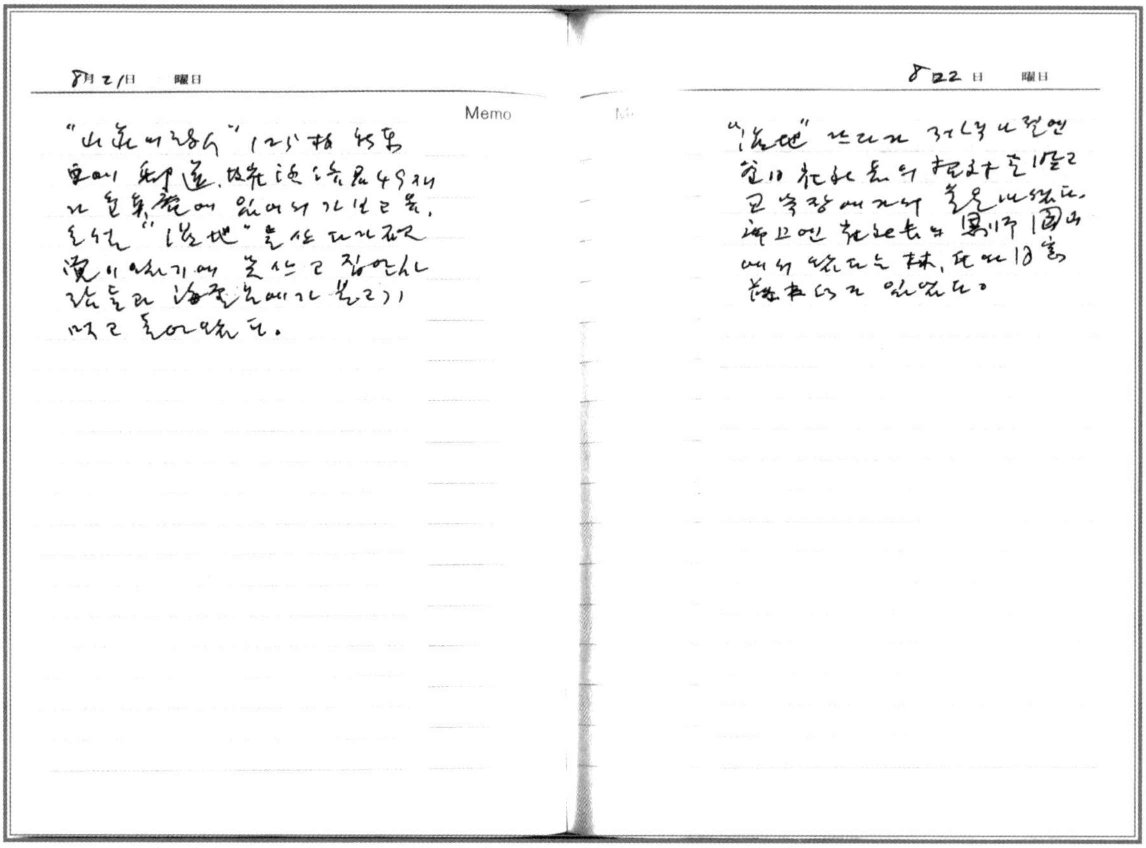

8월 21일

「산장의 시인」 125매 『신동아』에 우송. 고 최계락 49재가 금오암에 있어서 가 보고 옴. 소설 「습지」를 쓰다가 연각이 왔기에 못 쓰고 집안사람들과 해운대에 가 불고기 먹고 돌아왔다.

8월 22일

「습지」 쓰다가 저녁나절엔 부일 최 사장의 초대를 받고 교목장에 가서 술을 마셨다. 석상엔 최 사장의 은사 오카야마에서 왔다는 하야시 씨와 동창 ○○ 씨가 있었다.

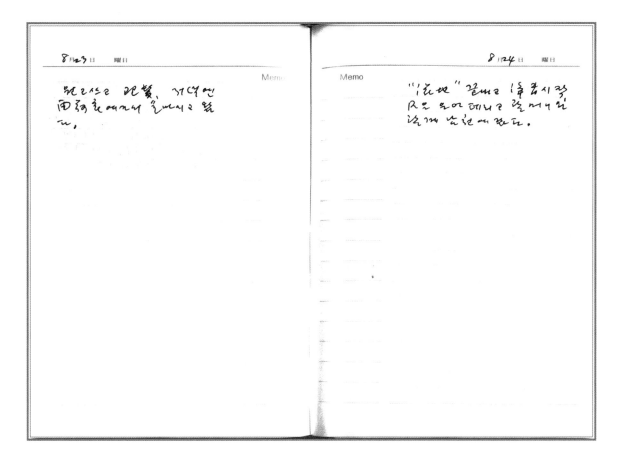

8월 23일

원고 쓰고 이발, 저녁엔 우하 댁에 가서 술 마시고 왔다.

8월 24일

「습지」 끝내고 정서 시작. R은 은아 데리고 할머니와 함께 남천에 갔다.

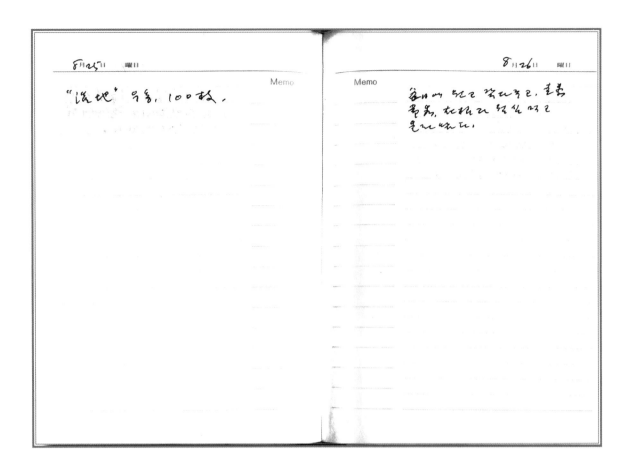

8월 25일

「습지」 우송, 100매.

8월 26일

『부일』에 원고 갖다주고, 규태, 상수, 재근과 점심 먹고 올라왔다.

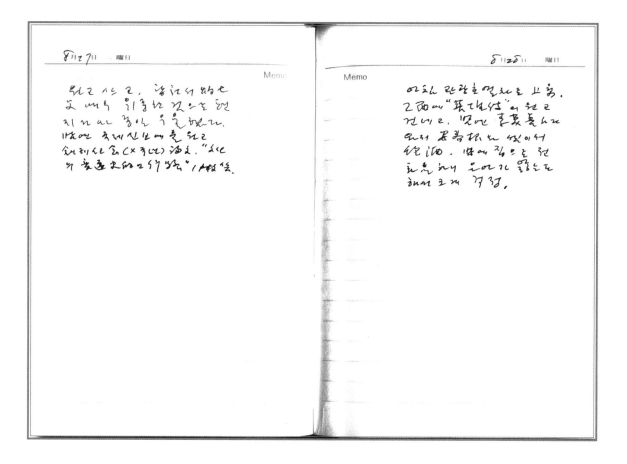

8월 27일

원고 쓰고, 합천서 병칠 부 매우 위중한 것으로 편지가 와 종일 우울했다. 밤엔 『국제신보』에 줄 원고 창간기념(×주년) 논문. 「문화의 변천사적인 행로」11매 씀.

8월 28일

아침 관광호 열차로 상경. 을유에 『영웅전』의 원고 건네고, 밤엔 이경선 씨가 와서 안춘근과 셋이서 음주. 밤에 집으로 전화를 하니 은아가 않는다 해서 크게 걱정.

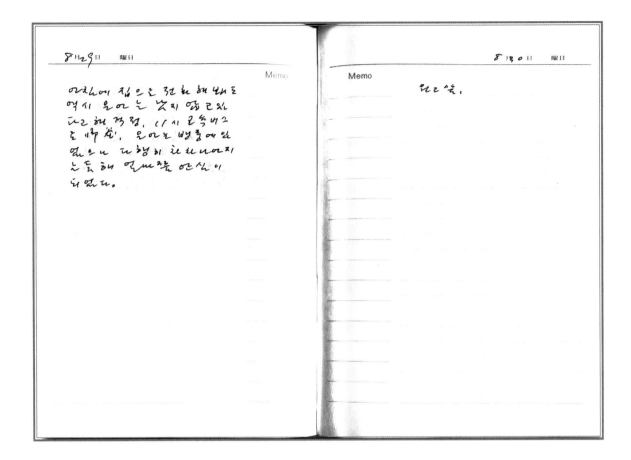

8월 29일

아침에 집으로 전화해 봐도 역시 은아는 낫지 않고 있다고 해 걱정. 11시 고속버스로 귀부. 은아는 병중에 있었으나 다행히 차차 나아지는 듯해 얼마쯤 안심이 되었다.

8월 30일

원고 씀.

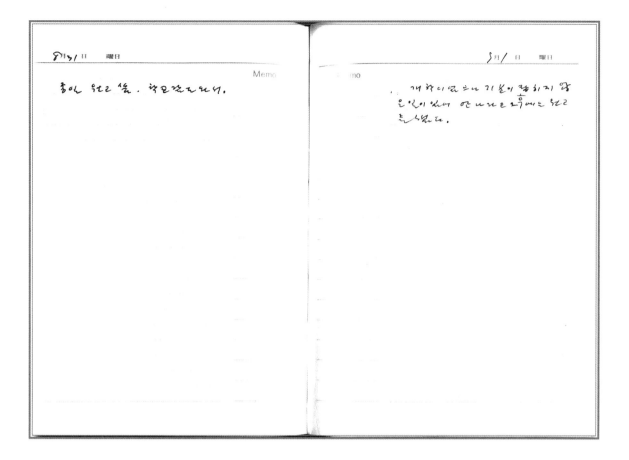

8월 31일

종일 원고 씀. 학교 갔다 와서.

9월 1일

개학이었으나 기분이 잡히지 않은 일이 있어 안 나가고 오후에는 원고를 썼다.

9월 2일

은아를 데리고 '금자탑' 다방에 가서 차를 마시고 왔다. 종시 원고 씀.

9월 3일

종일 원고 쓰고. 새로 형성된다는 꽃꽂이 집단의 이름을 지어달라기에 '꽃무리회', '늘봄 꽃꽂이회', '신공간 꽃꽂이 클럽', '꽃마실 새 집단' 등 지어 주재자 황을순 씨에게 말해 주었다.

원고 쓰고 저녁땐 우하 댁에 가서 술 마시다가 연각, 허창 세 사람이 남포동에 가서 술 마시고 옴.

9월 4일

원고 쓰고 저녁땐 우하 댁에 가서 술 마시다가 연각, 허창 세 사람이 남포동에 가서 술 마시고 옴.

9월 5일 曜日

9月5日 曜日 Memo

9月6日 曜日

9월 6일 曜日 Memo

9월 5일

윤정규 군 왔기에 최 선생과 술을 마시며 놀았다.

9월 6일

원고 쓰고, 오후엔 허창 씨가 예총 행사에 쓸 각본 때문에 왔다가 갔다.

Memo

원고 쓰고. 이발.

Memo

처음으로 학교강의. 국제신보에
"가을이면 다시 생각나는곳"
글그림 보냄.

9월 7일

원고 쓰고. 이발.

9월 8일

처음으로 학교 강의.『국제신보』에「가을이면 다시 생각나는 곳」글, 그림 보냄.

9월 9일 曜日
　　학교강의, (handwritten text)

Memo

Memo

9월10일 曜日
　　(handwritten text)

9월 9일

학교 강의. 예총 각본대 이만 원 허창 씨로부터 받고.

9월 10일

큰비. 육십구 년 이래 처음이라는 큰비, 학교엘 나가지 못했다. 밤엔 닭 한 마리를 사 안주 해놓고 최 선생과 술을 마셨다.

9월 11일

합천엘 가려했으나 비 온 뒷날이라 도로 걱정이 되어 못 갔다.

9월 12일

아침 직행버스로 합천행. 봉규는 그대로 누워있어서 마음에 놀라 안되었었다. 아이들과 산소에 가서 성묘하고 와 밤엔 맥주를 마시며 가족들과 이야기하며 놀았다.

9월 13日 曜日

Memo

아침 버스로 歸部, 이발.

Memo

9月 14日 曜日

큼 0옴에 줄 脚本 "民族의 太陽"
쓰기 시작.

9월 13일

아침 버스로 귀부, 이발.

9월 14일

예총에 줄 각본 「민족의 태양」 쓰기 시작.

9월 15일

추석, 아이들과 함께 다례, 저녁땐 최 선생 오게 해 술.
「민족의 태양」 탈고.

9월 16일

은아 모 제일병원에 가서 진단받았다. 심장이 좀 약하다는 말.
우하 댁에서 양주에 대취.

洋酒를 마신 뒷날이면 꼭
맥을 못 춘다. 종일 누어 있었다.

예총에 줄 脚本 "適當犯時代"
執筆 시작.

9월 17일

양주를 마신 뒷날이면 꼭 맥을 못 춘다. 종일 누워있었다.

9월 18일

예총에 줄 각본 「적당범 시대」 집필 시작.

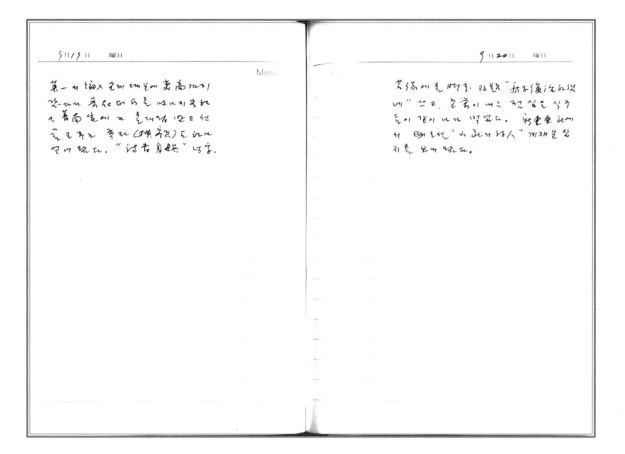

9월 19일

영일의 편입 문제 때문에 경고까지 갔다가 오재정 씨를 만나지 못하고 청남 댁에 가 술대접받고 선물로 주는 족자(횡액)도 하나 얻어 왔다. "시서자오(詩書自娛)" 넉 자.

9월 20일

예총에 줄 각본. 개제「방자 부활하셨네」쓰고. 김영이 내는 점심을 식구들이 같이 나가 먹었다. 신동아사에서 소설「산장의 시인」게재분 잡지를 보내왔다.

9월 21일

아침에 각본 탈고. 경고에 가서 심 교장 만나 영일 편입에 관한 부탁해서 허락하겠단 말 듣고.

유네스코 관계로 서울 생물학자들 점심 대접인 자리에 참석.

9월 22일

학교 강의. 허창 씨 만나 각본 줌.

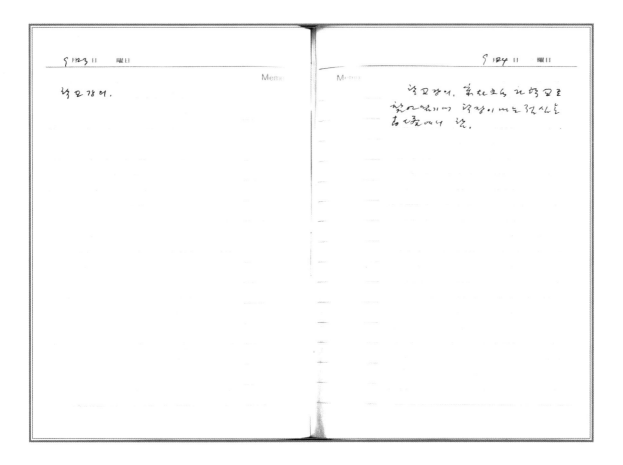

9월 23일

학교 강의.

9월 24일

학교 강의. 송재오 씨가 학교로 찾아왔기에 학장이 내는 점심을 청탑에서 함.

9월 25일

『영웅』삼 회분 쓰고.

9월 26일

학교 교수 초대. 점심때에 술을 마셨다. 양 학장, 최위경, 이용관, 전광용, 조권옥, 이준승, 권상원의 칠 씨.

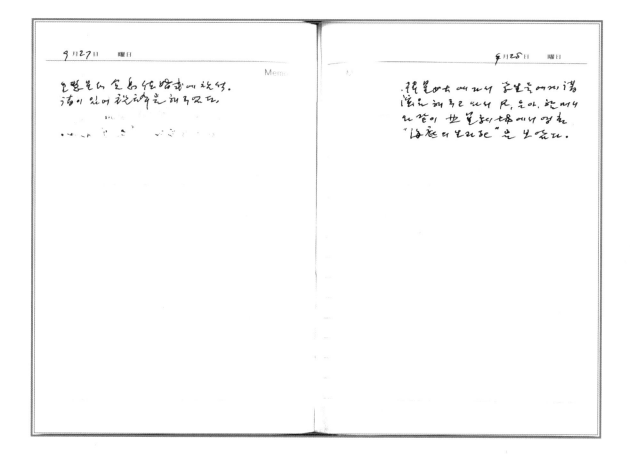

9월 27일

김혜성 씨 영식 결혼식에 참석.

청이 있어 축사를 해주었다.

9월 28일

한성여대에 가서 학생들에게 강연을 해주고 와서 R, 은아, 할머니와 같이 북성극장에서 영화 〈해저의 생과 사〉를 보았다.

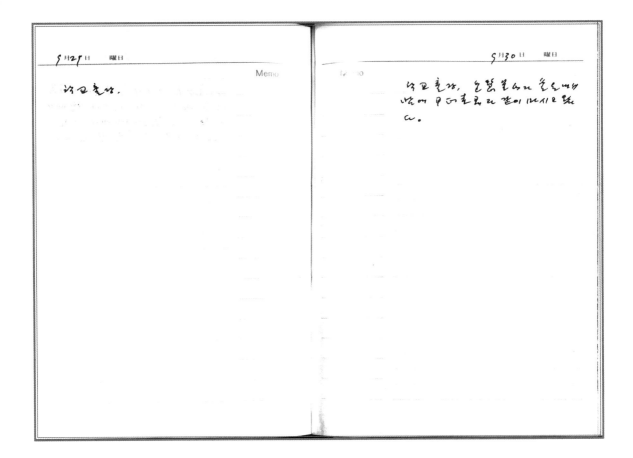

9월 29일

학교 출강.

9월 30일

학교 출강, 김혜성 씨가 술을 내서 밤에 윤정규 군과 같이 마시고 왔다.

이달의 생활계획

Schedule	
1	
2	
3	
4	
5	
6	
7	
8	
9	
10	
11	
12	
13	
14	
15	
16	
17	
18	
19	
20	
21	
22	
23	
24	
25	
26	
27	
28	
29	
30	
31	

10월의 메모

衣生活　겨울 피복의 계획 및 준비를 해야 할 달입니다. 재 양복은 가을에도 입을 수 있고 겨울에도 입을 수 있는 감을 선택함이 현명한 방법이라고 하겠읍니다.

食生活　수수의 계절이므로, 소 맛 식품이 풍성한 시기입니다. 단무지, 청올호박, 우유 장아찌, 고추잎 장아찌, 풋고추 장아찌 등의 준비를 합니다. 김장 계획도 미리하여 예산을 세워 둡시다.

住生活　수재 특별 대청소 및 정원 정리, 꽃꺾꽂이 등으로 시월은 분주한 달이라 하겠읍니다. 특히 정원 정리는 겨울 동안 못하는 것이므로 철저히 해 둡시다.
먼저 낙엽을 다 긁어 모으고 불을 지른 후 나무 손질도 깨끗이 하여 두면 좋겠읍니다.

Memo

학교 출강.

10월 1일

학교 출강.

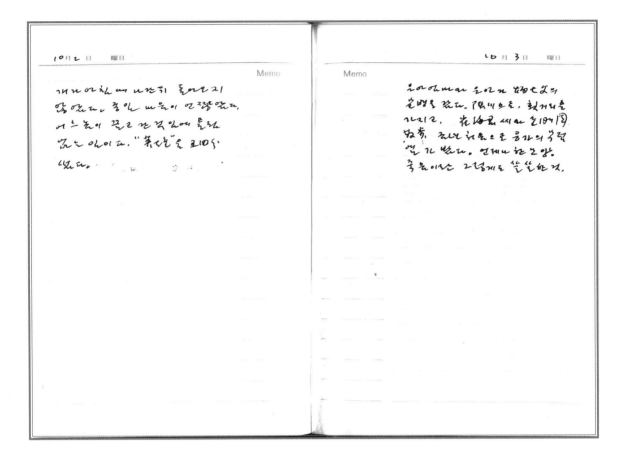

10월 2일

개가 아침에 나간 뒤 돌아오지 않았다. 종일 마음이 언짢았다. 어느 놈이 끌고 간 것임에 틀림없는 일이다. 『영웅』을 오 회분 썼다.

10월 3일

은아 엄마와 은아가 병칠 부의 문병을 갔다. 합천으로, 횟거리를 가지고. 최해군 씨와 금강원 산보, 금년 처음으로 응가의 무덤엘 가 봤다. 언제나 한 모양. 죽음이란 그렇게도 쓸쓸한 것.

10월 4일

이발. 은아 엄마의 마중을 서면으로 갔더니 진작 와서 길가에서 기다리고 있었다. 병칠 부는 임종이 가깝더라는 이야기. 종일 마음이 언짢았다. 그러자 밤 일곱 시 십오 분쯤 합천에서 준일이가 전화를 했다. 저의 아버진 오늘 4시 10분에 별세했다는 알림. 결국 죽는구면. 뭐라고 말할 수 없는 심경이다. 장사 때는 안 가겠다고 했다. 삼우에나 갈 생각을 했다. 봉규 군의 지하의 명복이나 빈다.

10월 5일

문화방송에서 있은 심의위원회 참석. 아침엔 옥이가 합천 가는 편에 제문을 지어 보냈다. 참으로 마음이 아프다. R에게 읽어 주려 하자 눈물이 앞섰다.

제문

　행여나 그런 일 없어라 마음 조이던 일 그예 눈앞에 오고 말았구나. 누구나 급하면 하늘에 빌지만 하늘도 사람의 목숨은 못 구하는 건가, 이 넓으나 넓은 천지, 버려두고, 봉규 그대는 지금 어느 그윽한 세상으로 떠나는 것이뇨. 내 봉규를 기둥만큼 생각해왔고, 너 봉규 나를 그림자같이 챙겨오더니 우리 두 사람 오늘은 서러운 갈림길에 서 있네. 그러나 어이하리. 이것이 인생의 연분이란 것을! 서로 떨어져 있어도 우리는 잊지 않으리로다. 내 언제나 너 봉규의 정다운 이름 부르며 남은 세월 다 채운 날 너 간 곳 따라가리라.

　봉규, 남은 사람 걱정 말고 부디 편안히 눈을 감고 가오.

1970년 10월 육 일 이주홍

(하관한 뒤 읽을 것으로)

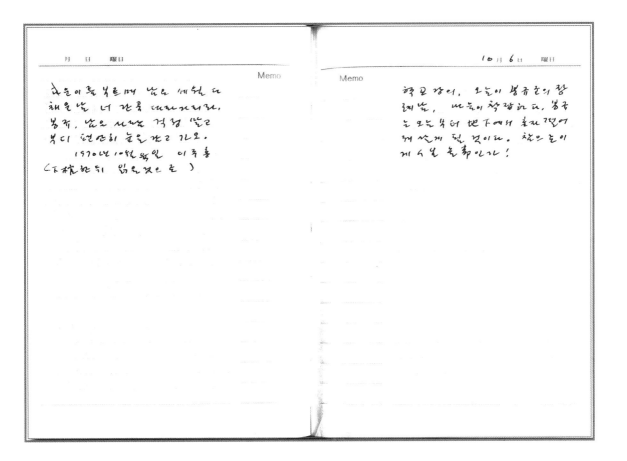

10월 6일

학교 강의, 오늘이 봉규 군의 장례 날, 마음이 착잡하다. 봉규는 오늘부터 지하에서 혼자 떨어져 살게 될 것이다. 참으로 이게 인생무상인가!

10월 7일

학교 강의. 집에 와서 『영웅』 삼 회분 썼다.

10월 8일

학교 강의. 밤엔 박중희 선생 출판기념회 참석(청탑). 김혜성, 황을순 여사들이 하는 꽃꽂이회 이름으로 「헌화가」에 나오는 수로부인의 이름을 따라 '수로회'라 지어주었다.

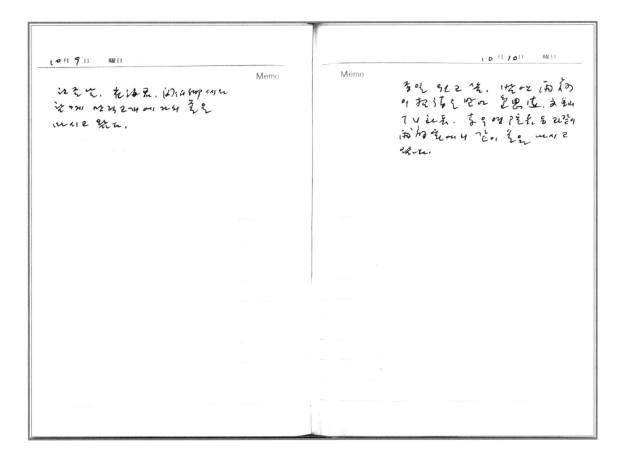

10월 9일

한글날. 최해군, 민백향 씨와 함께 만덕고개에 가서 술을 마시고 왔다.

10월 10일

종일 원고 씀. 밤엔 우하의 초청을 받아 김사달, 문 부산TV 사장. 이우영 원장 등과 같이 우하 댁에서 같이 술을 마시고 왔다.

10월 11일

최해군 씨와 금강원 산책. 밤엔 최해갑과 그 제자 김 군의 초청을 받아 남포동에 가 술을 마시고 왔다.

10월 12일

비. 영일의 전학 관계 경고에 가서 수속을 마쳐주었다. 이발.

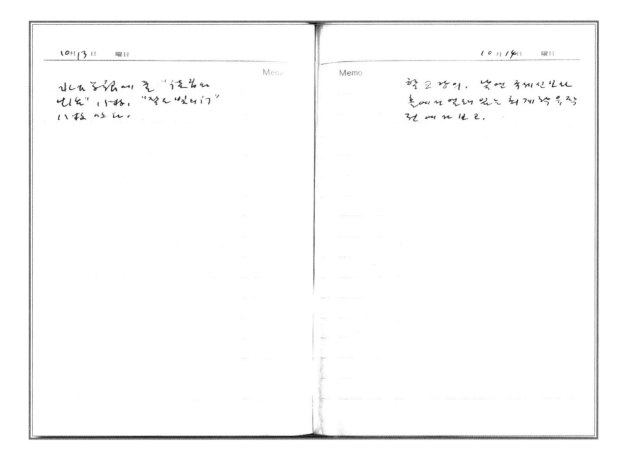

10월 13일

『수대학보』에 줄「독서와 생활」15매, 「작은 빛의 문」팔 매 쓰다.

10월 14일

학교 강의. 낮엔 국제신보사 홀에서 열려 있는 최계락 유작전에 가 보고.

10월 15일

학교 강의. 『부일』에 보낼 「가을풍물첩」, 「분신에의 기도」 4매. 합천 향우회보에 보낼 「고향 속의 고향」 6매를 썼다.

10월 16일

아침 고속버스로 대구 경유 합천행. 봉규 군의 초상 때도 못 가봐서 한번 다니러 간 것. 빈소를 보니 한심한 생각이 들었다. 영일과 같이 택시 대절해 용계 산소엘 갔다 왔다. 산이 어떻게나 험한지 고생이 여간 아니었다. 무덤의 자리도 좁았지만 그냥 그대로는 쓸 만한 것 같았다.

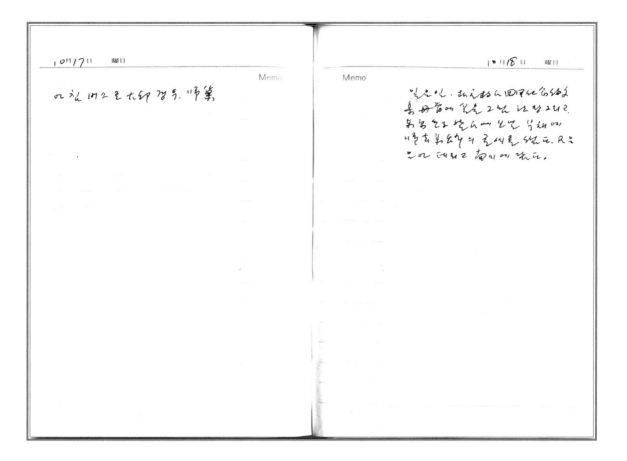

10월 17일

아침 버스로 대구 경유. 귀소.

10월 18일

일요일. 박원표 씨 『회갑기념논문집』 책수에 실을 그림 한 장 그리고. 도쿄 가네코 노보루 씨에 보낼 부채에 "귀거래사"의 글씨를 썼다. R은 은아 데리고 남천에 갔다.

10월 19일　曜日

이발, 박원표씨에 그림 전해
주고, 집에 돌아와 원고 썼다.

Memo

10월 20일　曜日

Memo

학교 강의, 집에와 원고
쓰고,

10월 19일

이발. 박원표 씨에 그림 전해 주고, 집에 돌아와 원고 썼다.

10월 20일

학교 강의. 집에 와 원고 쓰고.

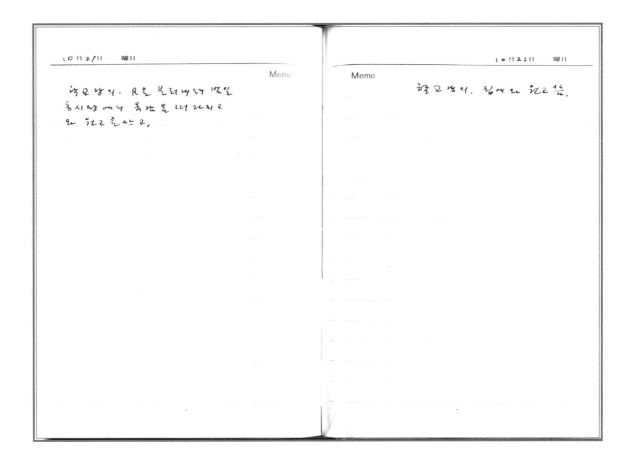

10월 21일

학교 강의. R을 불러내려 범일동 시장에서 옷감을 떠가지고 와 원고를 쓰고.

10월 22일

학교 강의, 집에 와 원고 씀.

10월 23일 曜日   Memo

원으 쓰고. 2건 댁호에 병 위 문호고.

Memo   10월 24일 曜日

나가 데이, 학교에서 단체 소풍
石南 寺에 가서 놀다 왔다.

10월 23일

원고 쓰고. 연각 댁에 병 위문하고.

10월 24일

UN데이. 학교에서 단체 소풍 석남사에 가서 놀다 왔다.

10월 25일

유신 씨의 영애 의랑 양의 서양화 개인전을 서울은행 화랑에서 보고 그 뛰어남에 감탄했다. 돌아와선 원고 쓰고.

10월 26일

소풍을 하러 R, 은아, 할머니, 최해군 씨 부처, 윤정규 군 일행 칠 명이 대구로 고속버스 행. 점심 먹고, 달성공원 구경하고, 술 마시고, 돌아옴.

원고 쓰고. 부인에 원고 갖다주고.

원고 쓰고.

10월 27일

원고 쓰고. 『부일』에 원고 갖다주고.

10월 28일

원고 쓰고.

10월 29일

학교에서 중간시험. 예총지부 주최의 〈조국찬가〉 공연을 국도극장에서 구경했다. 내가 쓴 극본 「민족의 태양」과 「방자 부활하셨네」는 김영송 씨가 연출했으나 '방자'는 어렌지를 한 부분이 되레 각본 이해가 잘 안 된 듯했다. 차라리 각본대로 두었던 편이 ―.

10월 30일

오래전부터 위촉받고 있던 〈시민의 노래〉를 완성.

 동백꽃 피는 항구

창문을 활짝 여오 하늘은 코발트 빛
펄럭이는 깃발 너머 오륙도에 떠 있구나

아아 만나면 서로 웃고 근면으로 가꾼 거리
용궁이라 따로 있나 남쪽 나라 부산항은
동백꽃과 함께 피는 행복의 그림나라외다.
　×
파도에 얽힌 사연 어딜 간들 잊어지랴
세계 배가 다 와닿는 바다의 저잣거리
아아 떠나는 아쉬움에 뱃고동도 외로워라
또 오세요 손 흔드는 남쪽 나라 부산항은
갈매기와 함께 사는 사랑의 보금자리외다.

　　　또 하나 대중성을 띠었다는 것으로서 한 편

　사랑의 부산항

달빛으로 잔잔한 물결에 실려
당신과 아로새긴 사연이 있다면
아아 당신을 잊으려오 잊을 수가 있나요
오륙도 바라보며 꿈속에 젖어 사는
남쪽 나라 부산항은 사랑의 사랑의 보금자리.
　×
떠나가는 아쉼에 우는 뱃고동
또 오마 손 흔드는 정들은 그대여
아아 저인들 있으리야 고향 같다던 그 말씀
동백꽃 붉게 타는 그 속에 묻혀 사는
남쪽 나라 부산항은 다정의 다정의 인심 고향.

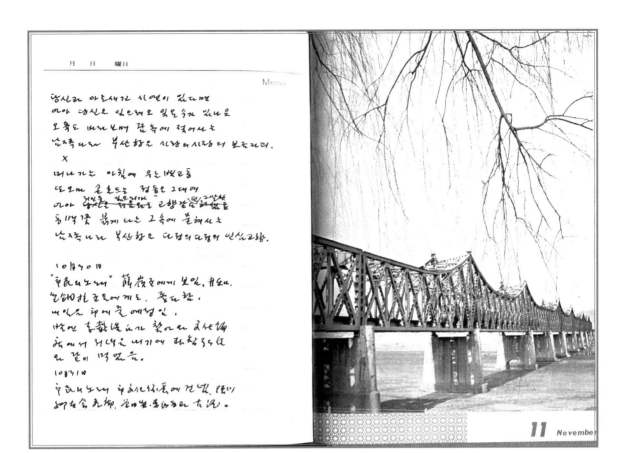

10월 30일[4]

〈시민의 노래〉 설영 군에게 보임. 정화, 김동주 군들에게도. 좋다 함.

내일은 시에 줄 예정임.

밤엔 이재호 씨가 찾아와 문화반점에서 저녁을 내기에 박지홍 씨와 같이 먹었음.

10월 31일

〈시민의 노래〉 시 문화계장에 건넴. 합천 향우회 참석. 부일 최, 이 씨 등과 대주.

---

4) 동일한 날짜의 일기가 두 번 작성되었음.

Schedule	
1	
2	
3	
4	
5	
6	
7	
8	
9	
10	
11	
12	
13	
14	
15	
16	
17	
18	
19	
20	
21	
22	
23	
24	
25	
26	
27	
28	
29	
30	
31	

11월의 메모

衣生活 겨울옷, 특히 준비된 모사품(毛絲品)의 옷을 입어야 할 달입니다. 뜨개옷을 다시 짜기 위하여 실을 풀어 두고, 겨울에 신을 양말 및 버선의 준비, 털신의 정리 등도 합니다.

食生活 주부들이 가장 고심하는 문제 중의 하나인 김장철이 닥쳐왔습니다. 미리 예산을 짜 두고 생활비를 절약해 봅시다.

住生活 월동 준비로 인하여 11월은 돈이 많이 들어 가는 때이기도 합니다. 월동 준비를 위하여 연료의 준비 및 온돌의 개조, 즉 사와 온실의 손질 등도 미리미리 하여 둡시다.

특히 철초에 온돌의 개조를 안해 두면 추위가 닥쳐와 당황하게 될 뿐만 아니라 값도 비싸게 먹힙니다. 그리고 일기 관계로 공사에도 여러 가지 지장이 많습니다.

Memo

11월 1일

일요일. 술 많이 마신 뒤라 대단히 고단했다. 최해군 씨와 금강원 산책.

11월 1일

일요일. 술 많이 마신 뒤라 대단히 고단했다. 최해군 씨와 금강원 산책.

Memo

Memo

11월 2일

수로회에서 〈꽃과 인생〉 강연, 강사료 주는 것 가지고 최해군 씨와 합쳐 술을 마시고 옴.
어머님 제삿날 합천서 두 동생 오고 많은 가족이 와서 흐뭇.

11월 3일

학교 강의. 오는 걸음에 전찬일 선생과 집에 와서 점심 먹었다.

11월 4일　曜日

（手書き）

Memo

Memo

11월 5일　曜日

（手書き）

11월 4일

학교 강의. 집에 와 원고 쓰고, 을유문화사에서 돈 옴.

11월 5일

학교 강의. 윤정규 군과 황산가 조문, 밤엔 둘이서 대음.

11 月 6 日　曜日

세원이와가 놀러 왔기 배 집에서
같이 술을 마시며 놀았다.

Memo

11 月 7 日　曜日

Memo

원고 쓰고, 병칠 모, 홍이 모
내일쯤 간다배서 집에서 잤다.

11월 6일

유신 씨가 놀러 왔기에 집에서 같이 술을 마시며 놀았다.

11월 7일

원고 쓰고, 병칠 모, 홍이 모 내일쯤 간다면서 집에서 잤다.

11월 8일

배정중학교장 남기열 씨 부친 공덕비 부탁 받은 것 다음과 같이 지었다.

"옛 성현의 말씀에도 사람의 행할 일에 배움만 한 이 없다 하신 대로 사삿일을 내던지고 오로지 겨레의 내일을 위해 배움의 터를 열어 주신 이 있으니. 이가 곧 남취 남수우 선생이라. 황량한 들판에 정곡중학을 세워 이 고장 어둔 밤의 등불이 되신 선생의 공덕을 길이 후세에 전하고자 우리 후학 일동 여기에 돌을 표해 두는 바이로라."

최해군 씨와 산성에 가서 밀주를 사 마시고 오니 집에 윤정규 군 부처가 와 있었다. 역시 술.

Memo

학교강의. 나오는길 학생과장.
주임 같이 온천장으로 와 불고기를
먹었다.

학교강의. 이병돈교수와 해운대
에 가서 점심으로 왔다.

11월 9일

원고 쓰고. 이발. 저녁땐 이성순 씨가 와서 원고 찾아가며 술 마시고, 배정중학 교감 안 씨가 남취 선생 비문 찾으러 와서 같이 술 마시고 가고.

11월 10일

학교 강의. 나오는 길 학생과장, 주임 같이 온천장으로 와 불고기를 먹었다.

11월 11일

학교 강의. 이병돈 교수와 해운대에 가서 점심을 하고 왔다.

Memo

청포강의. 밤엔 교육과교수들의
모임. 서면에서 술을 마셨다.

Memo

술 마신 뒷날이 되어서 종일 기분
불쾌. 동명극장에 가서 영화를
보고 돌아 왔다. R과 은아는 이틀
째 남천동에 가 있고.

11월 12일

학교 강의. 밤엔 교육과 교수들의 모임. 서면에서 술을 마셨다.

11월 13일

술 마신 뒷날이 되어서 종일 기분 불쾌. 동명극장에 가서 영화를 보고 돌아왔다. R과 은아는 이틀째 남천동에 가 있고.

Memo

학교에서 월급타오고.
밤에 R과은아가 돌아왔다.

Memo

일요일. 동래고등학교에서 있은
외솔 최현배선생 추모회에 참석
식사 읽고. 집에와 R과은아와
갈비집에 가 음식을 먹고 있으니
서울서 이원수 형 부처가 와서
최해군 씨까지 불러 즐겁게 놀았다.

11월 14일

학교에 가서 월급 타 오고, 밤에 R과 은아가 돌아왔다.

11월 15일

일요일. 동래고등학교에서 있은 외솔 최현배 선생 추모회에 참석, 식사를 읽고, 집에 와 R 과 은아와 갈빗집에 가 음식을 먹고 있으니 서울서 이원수 형 부처가 와서 최해군 씨까지 불러 즐겁게 놀았다.

11月16日 曜日

Memo

元第노吉弘때남.

11月17日 曜日

Memo

학교강의. 이발.

11월 16일

원수 형 부처 떠남.

11월 17일

학교 강의. 이발.

11월 18일

학교 강의.

11월 19일

학교 강의. 최근 며칠 전부터 은아는 그림을 그리는데 2년 6개월 되는 아이로서는 놀랄 만큼 사람을 잘 그린다. 말도 그 어휘가 아이를 넘은 수들이지만.

노설하고 그임9 551여 신문사
에 갓다주고 왔다.

노설스고, "해상과전비푸"지에
서 노설 청탁 왔다.

11월 20일

소설 원고 삼 일분 써서 신문사에 갖다주고 왔다.

11월 21일

소설 쓰고, 『창작과비평』지에서 소설 청탁 왔다.

일은암, 崔海로씨 夫妻, 尹口호로
夫妻. 나와 R과 恩아 같이 산城에
가서 소풍하고 왔다.

종일 누어서 놀고,

11월 22일

일요일. 최해군 씨 부처, 윤정규 군 부처, 나와 R과 은아 같이 산성에 가서 소풍하고 왔다.

11월 23일

종일 누워서 놀고.

학교강의, 아츰에 진순이가
와서 井花군이 죽었다는 놀라운
소식. 술을마시고 죽엇다는것.
최근에 무슨일로 마음속으로 많이
怨望햇던일이 후회되엿다.
낮엔 市文化委員會. 마치고서
井花군의 시신이 잇는 정병화병
원에가서 弔問하고, 다시 밤엔
讀書會 結成 會議에 참석.

학교강의, 道文化賞 위원회 출석.
위원장에 被選. 李慶純, 許昌彥, 趙
斗南 씨와 술을 마셨다.

11월 24일

학교 강의. 아침에 진순이가 와서 정화 군이 죽었다는 놀라운 소식. 술을 마시고 죽었다는 것. 최근에 무슨 일로 마음속으로 많이 원망했던 일이 후회되었다.

낮엔 시 문화위원회. 마치고서 정화 군의 시신이 있는 정병화병원에 가서 조문하고, 다시 밤엔 독서회 결성회의에 참석.

11월 25일

학교 강의. 도 문화상 위원회 출석. 위원장에 피선. 이경순, 허창언, 조두남 씨와 술을 마셨다.

Memo

간밤에 술을 많이 한 탓으로 몸이 고단. 학교도 하루 쉬고 종일 누워있었다.

Memo

집에서 원고만 씀. 수대에서 강연해 줄 약속이었으나 원고 바빠서 못 했다. 학생들에게 미안한 일.

11월 26일

간밤에 술을 많이 한 탓으로 몸이 고단. 학교도 하루 쉬고 종일 누워있었다.

11월 27일

집에서 원고만 씀. 수대에서 강연해 줄 약속이었으나 원고 바빠서 못 했다. 학생들에게 미안한 일.

11월 28일

『창작과비평』에서 청탁한 소설 쓰려했으나 붓이 잘 잡히질 않았다.

11월 29일

소설 「상장」 쓰기 시작함. 송재오 씨가 와서 놀다가 잤음.

Memo

11월 30일

송재오 씨 아침밥 먹고 떠나고, 원고 쓰려했으나 잘 안 되었다. 오후엔 신중옥 씨 영식 양일 군의 주례를 고려예식장에서 해주고.

얼마 전 내 집에 그림과 같이 걸 시를 지었는데 이러한 것이다.

金井山下有一舘　금정산 아래 한 집이 있으니
主人自號笑岳樓　주인이 스스로 소악루라고 불렀다네
每時浴眼松栢林　매번 때때로 소나무와 잣나무 숲에 눈을 씻으면
喧擾世間不覺煩　시끄럽고 번잡한 세상일 번거롭지 않다네

이달의 생활계획

Schedule	
1	
2	
3	
4	
5	
6	
7	
8	
9	
10	
11	
12	
13	
14	
15	
16	
17	
18	
19	
20	
21	
22	
23	
24	
25	
26	
27	
28	
29	
30	
31	

12월의 메모

衣生活 완전히 동복을 착용하는 기간입니다. 옷은 너무 많이 입지 않고도 방열을 막는 것으로 잘 연구하여 구입합시다. 또한 해 동안의 의생활에 대한 종합적인 검토 및 새해 의생활의 설계도 하여 봅시다.

食生活 메주를 담그는 계절입니다. 개량 메주 쑤는 법으로 간단하면서도 맛있는 장을 담그도록 합시다.

住生活 연말·연시가 되면 초대와 방문이 잦게 됩니다. 성탄절, 망년회 등을 위하여, 연말 대청소를 하여 새해를 맞을 준비를 할 것이며, 그밖에도 학기말과 동기 방학을 당하게 되므로 어린이의 건강에도 마음을 기울어야 하겠읍니다. 자녀들은 너무 더운 방안에서만 자라게 해도 자칫하면 체온 조절을 잘 못하여 감기에 걸리기 쉬우므로 늘 조심해야 합니다.

12월 1일

학교 강의, 이발, 『영웅』삼 회분 쓰고.

Memo

집에서 원고 쓰고.

Memo

학교강의. 밤에 소설 "賞狀" 쓰
기시작.

12월 2일

집에서 원고 쓰고.

12월 3일

학교 강의, 밤에 소설 「상장」 쓰기 시작.

Memo

Memo

12월 4일

원고 쓰고, 밤에 요산, 구연식 씨와 만나 시 문화상 문학 후보자 결정, 최해군 씨.

12월 5일

시 문화상위원회. 유신, 최해군, 김영송 여입. 남성여고 강당에 있는 문학강연회에서 강연. 전광용, 모윤숙, 김종문, 김영일 참가.

밤엔 김영일 형과 집에 와서 술 마시고 잤다.

Memo

Memo

종일 원고 쓰고.

12월 6일

김영일, 최해군과 나 삼 인 범어사에 갔다가 우하장에 가서 술 마시고. 김영일 형은 귀경.

12월 7일

종일 원고 쓰고.

12월 8일

원고 쓰고. 밤엔 맥스웰다방에 내려가 독서회 회의, 부위원장(이사) 피선.

12월 9일

종일 「상장」 쓰고.

Memo

Memo

12월 10일

종일 원고, 「상장」 탈고 110매. 밤엔 최 선생과 집에서 술을 마셨다.

12월 11일

종일 원고. 「상장」 정서 시작, R이 처음으로 중국식 만두를 만들었는데 아주 맛났다.

12월 12일

임호 씨 차녀 혜경 양, 결혼식 주례를 제일예식장에서 하고, 집에 와 「상장」 정서 마침.

『부산일보』 주최 소인취미전 출품을 위해 '그림 글'에 쓸 시를 지은 게 있다.

　　사랑

　　사랑은 좋은 것일러라
　　사랑만큼 좋은 이 없는 것일러라
　　만나면 만나서 좋고
　　떨어지면 떨어져서 그리워지는
　　사랑 사랑만큼 좋은 이

이주홍 일기 1

이 세상 또 어디에 있을 것인가일러라

노래하자 임아

하늘과 땅이 다 하도록 불러도 못 다할

사랑 사랑을 위해

우리는 죽고 사는 운명의 존재인 건지

모를 것일러라.

낙서 쪽지를 보니 이런 것이 있어서 남겨 둔다. 청남 오제봉 집을 처음 보고, (삼 층이라 해서 가봤더니 삼 층은 틀림없는데 대지가 십삼 평) 그리고 올 때 난과 붓을 주기에 고마운 편지와 같이 시를 끼워 보냈다.

主人莫道垈地小　　주인은 대지가 작다고 말하지 마시오

登高三層可摘星　　삼 층 높이로 올라가면 별도 딸 수 있다네

吾劇本無神仙氣　　나는 지극히 원래부터 신선의 기운이 없으나

菁南筆蘭忽作雲　　청남의 붓과 난초가 홀연히 구름을 만드네

一酌梅魂萬愁散　　한 잔 매화의 혼으로 모든 근심 사라지고

電灯爭明不夜城　　전깃불은 밝음을 다투며 불야성을 이루네

不夜城光納胷中　　불야성 빛이 가슴 속으로 들어오네

Memo

Memo

12월 13일

취미소인전에 출품할 그림과 글씨 '향파시집' 아홉 매를 써서 청남 집에 가져가 표구를 부탁하고 같이 간 최해군 씨와 술대접을 받고 왔다.

12월 14일

학교 시험 감독. 김송 씨로부터 안부편지가 와 있었다.

Memo

Memo

12월 15일

학교 시험, 저녁엔 조의홍 씨 만나 술 하고.

12월 16일

학교 시험, 시에서 문화상 상임위원회.

낮에 원고 쓰고, 밤엔 부일에
들러 ○○군과 술을 마심.

Memo

시 문화상 상임위원회 김, 유신, 이동희 결정.

12월 17일

낮에 원고 쓰고, 밤엔 부일에 들러 윤정규 군과 술을 마심.

12월 18일

시 문화상 상임위원회, 김인배, 유신, 이동희 결정.

Memo

Memo

12월 19일

도 문화상 시상식 참가. 유장에서 술을 마시고 돌아왔다.

12월 20일

일요일, 이재호 씨 영애 결혼식에 갔다가.

12월 21일

종일 원고 쓰고, 이발.

『부산일보』 주최, 소인취미전 개막. 나는 글씨로 '자작시첩'과 시화 〈사랑〉을, 은아는 스케치로 〈전복장사〉를 출품.

12월 22일

시 문화상 총회, 김인배, 유신, 이동희 여사 세 명 수상 결정.

Memo

원고 쓰고,

Memo

국제신보에 "脈搏四萬萬을"
十六枚 써서 줌. 崔湘林과 술,
조모님 제사 축지냈다.

12월 23일

원고 쓰고.

12월 24일

『국제신보』에 「맥박사만만기」 십육 매 써서 줌. 최상림 씨와 술.
조모님 제사를 지냈다.

낯에 雨海. 崔先生 各夫妻 초대
점심과 술.

동화작가 임신행군의 결혼식 겸
출판기념회가 "샤넬"다방에서 있
었다. 주례를 해주고, 歸路에 崔海
軍씨와 술을 마시고 돌아왔다. R과
은아 南川에 갔다.

12월 25일

낮에 우하, 최 선생 각 부처 초대.

점심과 술.

12월 26일

동화작가 임신행 군의 결혼식 겸 출판기념회가 샤넬다방에서 있었다. 주례를 해주고, 귀로에 최해군 씨와 술을 마시고 돌아왔다. R과 은아 남천에 갔다.

12월 27일　曜日

Memo

원고 쓰고.

12월 28일　曜日

Memo

원고 쓰고.

12월 27일

원고 쓰고.

12월 28일

원고 쓰고.

12月29日　曜日

금일도 문화상에서 경과보고.
밤엔 해신씨등과 술마시고.
T.V.에 녹화, "돼지이야기"

Memo

Memo

12月30日　曜日

KU에 방송, "고향에대한
이야기"

12월 29일

시 문화상 시상식에서 경과보고, 밤엔 유신 씨 등과 술 마시고, TV에 녹화, 〈돼지 이야기〉.

12월 30일

KU에 방송, 〈고향에 대한 이야기〉.

Memo

집에서 崔先生 夫妻와 우리家族
一日 忘年會.

家庭의 祝祭 · 記念日
—결혼 · 생일 · 제사—

월 일	내 용	월 일	내 용

貴重品 番號簿
—통장 · 시계 · 카메라 · TV등—

명 칭	번 호 · 내 용	명 칭	번 호 · 내 용

12월 31일

집에서 최 선생 부처와 우리 가족 일일 망년회.

瞑 想 日 記   값 600 원

1969年 12月 5日 印刷
1969年 12月 10日 發行

編　者　三中堂編輯部
發行者　徐　　載　壽

發 行 處　圖書　株式會社 三中堂
　　　　　出版

서울特別市 中區 東子洞 41의3
TEL ㊷ 6068 ㊷ 6069 ㊷ 9257

振 替 口 座 서 울 106 番
登 錄 1950年 11月 1日 第 5 號

연구책임자

정우택 성균관대 국어국문학과 교수

공동연구원

고영만 성균관대 문헌정보학과 교수

이영호 성균관대 동아시아학술원 교수

이순욱 부산대 국어교육과 교수

이동순 조선대 자유전공학부 교수

전임연구원

이경돈 성균관대 대동문화연구원 연구교수

임수경 성균관대 대동문화연구원 연구교수

유석환 성균관대 대동문화연구원 연구교수

박성태 성균관대 대동문화연구원 연구교수

이주홍 일기 1

초판 1쇄 발행 2023년 12월 29일
초판 2쇄 발행 2024년 4월 29일

엮은이 정우택, 이경돈, 임수경, 유석환, 박성태
펴낸이 유지범
펴낸곳 성균관대학교 출판부

등록 1975년 5월 21일 제1975-9호
주소 03063 서울특별시 종로구 성균관로 25-2
대표전화 02)760-1253~4
팩스밀리 02)762-7452
홈페이지 press.skku.edu

ⓒ 2023, 대동문화연구원

ISBN 979-11-5550-628-8 93810